SHORT CLASSICS
短经典精选

SECRET LIVES AND OTHER STORIES

Ngũgĩ wa Thiong'o

再见，非洲

〔肯〕恩古吉·瓦·提安哥 著　郦青 译

人民文学出版社
PEOPLE'S LITERATURE PUBLISHING HOUSE

著作权合同登记号　图字 01-2024-3469

图书在版编目(CIP)数据
再见，非洲 /（肯尼亚）恩占吉·瓦·提安哥著 ；郦青译. -- 北京 ： 人民文学出版社，2024. --（短经典精选）. -- ISBN 978-7-02-018873-4
Ⅰ. I424.45
中国国家版本馆 CIP 数据核字第 2024LW1097 号

责任编辑　**朱卫净　邰莉莉**
封面设计　**好谢翔**

出版发行　**人民文学出版社**
社　　址　**北京市朝内大街 166 号**
邮　　编　**100705**

印　　刷　**凸版艺彩(东莞)印刷有限公司**
经　　销　**全国新华书店等**

字　　数　**110 千字**
开　　本　**889 毫米×1194 毫米　1/32**
印　　张　**6.25**
版　　次　**2024 年 8 月北京第 1 版**
印　　次　**2024 年 8 月第 1 次印刷**

书　　号　**978-7-02-018873-4**
定　　价　**59.00 元**

献给尼昂布拉和万吉库

前　言

1960年的某一天，我在马凯雷雷大学的大厅外见到了乔纳森·卡里亚拉先生，一冲动便拦住了他，告诉他我写了一个短篇故事，不知他是否愿意帮忙看看。卡里亚拉当时正在读英语专业的最后一年，他经常参加《笔端》的活动。《笔端》是马凯雷雷山上原创文学中心办的一本杂志。其实当时我说谎了。我当时才读大二，所谓的短篇故事只是我脑海里的一个构思而已。由于我在冲动之下撒了谎，所以只能把故事写出来了。这就是后来诞生的《无花果树》（也就是这本短篇小说集中的《穆古莫》）。卡里亚拉读完故事后很激动，问我是否读过D.H.劳伦斯的作品。这实在令人难忘，我也深受鼓舞，由此开启了我接下去三年的创作生涯。我写了《回家》《旱灾中的“疯”女人》《乡村牧师》《牺牲者》《暗中相会》《大雨滂沱》，还有《黑鸟》和《瓦本兹人》两部初稿，外加两部小说和一部戏剧。1964年，我创作短篇小说的灵感枯竭了。我尝试写一些自己在英格兰的一些故事，但失败了。约克郡的荒野、勃朗特姐妹居住的乡村、苏格兰的高地，特别是因弗内斯黄色的金雀花和银色的桦树，一切都是那么赏心悦目，但这些只是让我对东非大裂谷旁利穆鲁镇的景色记忆犹新。多么美好又恐惧的回忆啊。于是我创作了《一粒麦种》。

1971 年，我结束在伊利诺伊州埃文斯顿的西北大学为期一年的非洲文学教学工作，返回肯尼亚。我看到人们疲惫迷茫的表情：所到之处人们都在借酒消愁，他们想要在酒中忘记昨日的记忆，也想在酒中淡漠明天的希望与恐惧。我去过利穆鲁的很多酒吧，我在那儿喝酒、唱歌、跳舞，努力不去看也不去想。一个朋友给我讲了个有趣的段子。一个酒吧女招待因偷窃而被捕，而她偷的就是她一夜情的对象，一个上了年纪的生意人。讲这个段子的朋友一直对那个临时起意、卑鄙下流的偷窃行为愤愤不平。让我好奇的是，这个女孩居然又回到了那家酒吧，一整天都在炫耀她的财富和所得。这也是以下三个故事写作的起因（《瞬间的荣耀》《十字架前的婚礼》和《梅赛德斯的葬礼》），也就是此短篇系列的第一部分内容。我同时开始构思另一部小说的创作：我怎么才能不看、不听、不想呢？

在某种意义上，收录在这本短篇小说集中的故事就是我过去十二年的创作型自传，也是我在这十二年中的感受。通过写作，我试着认识自我以及自我在社会、历史中所处的地位。在写作中我回忆起种种往事：在我父亲家中打架的每一个夜晚；我母亲为了让我们有东西吃有衣服穿，可以受点教育，在田间辛苦劳作；我的哥哥华莱士·姆万吉，在殖民地警察的枪林弹雨中逃到森林中寻求安全；他从那里不断捎来口信力劝我要不惜一切代价继续读书；我的堂兄吉奇尼·瓦恩古吉，侥幸从绞刑架上逃脱，因为被抓时他随身携带了一些子弹；我的几个叔叔和其他的一些村民因为宣了誓而惨遭杀害；还有肯尼亚普普通通的男男女女在反抗英帝国主义和其恐怖暴行时所表现出来的勇气。我还记得一些亲戚和村民替白人扛枪，最后变成了他们的帮凶。我无法忘记那些恐惧、背叛、瑞秋的眼泪，那些令人挣扎的绝望、爱和亲情时刻。我试图通过写作来找到这一切的意义。

在写作这条路上，我一直得到了很多人的帮助和鼓励：卡里亚拉、乔·姆提噶、G.G. 库鲁玛、卡里艾涅·约哈纳、伊迈·伊基代、皮特·那扎莱斯、休·丁威迪、钦努阿·阿契贝，还有很多利姆鲁当地人。肯尼亚众多素未谋面的男女老少给我来信，让我深受鼓舞，感动不已。我在内罗毕大学教授非洲口头文学和书面文学，从中汲取到了诸多快乐、信念和希望。还有塔班·罗·利咏、奥克特·彼泰克、艾达·噶秋奇亚、克里斯·万加拉、巴杜尔·泰加尼和其他人，我们每个月几乎都会举办一些文学活动。当然还要感谢《布萨拉》杂志，学生写作工作坊、戏剧社和肯尼亚文学领域崭露头角的那些令人激动的名字，例如基贝拉、卡西噶、查尔斯·曼古阿、姆万吉·鲁海尼、贾里德·安吉拉。

尤其是还有尼昂布拉，美丽的尼昂布拉啊，我从她那里获得了勇气和力量，在不断袭来的绝望和自我怀疑中一次次振作起来，获得片刻的欣喜和自豪。由此，奉上这部书。

恩古吉·瓦·提安哥

目 录

第一部

母亲和孩子们

穆古莫

穆卡米站在门口。她慢慢地转过头，用悲伤的眼神望着灶台。她犹豫了一下。灶台下的那团火和旁边的那把小凳子都在叫她回去。不！她已下定了决心。她必须走。她抓起一件光滑油亮的上衣，从光秃秃的头上套下去，落在她年轻瘦削的肩膀上，随后便陷入孤独荒芜的黑夜中。

万籁俱寂，空气中弥漫着一种神秘的气息。她感到恐惧。无尽的黑暗包围着她，她茫然不知所措，脑子一片空白，喘不过气来。她快速穿过自己熟悉的院子，不敢发出丁点声响。这个院子、属于她的阿依鲁的四间小屋，她男人的屋子，甚至连她自己的屋子，似乎都在齐齐地、无声地谴责着她做出这样的举动。

“你要离开你的男人吗？快回来！”它们无声挽留着，怜悯中带着蔑视。她执拗地穿过院子，顺着那条小路来到了左门。她慢慢地打开门，再关上。穆卡米站在门口，这一刻她意识到一旦关上这扇门，也就等于关闭了她的一部分生活。她心情沉重，转过背，离开了这个属于她的地方，眼泪夺眶而出。

但是她该去哪儿呢？她不知道，也不在乎。她想要做的就是逃离。走开。走吧，随便去哪里——马赛高原或者乌卡姆巴尼，都可以。只要远离那个灶台，远离那个院子，远离那些小屋和那里的人，远离任何一个能够让她想起穆荷罗伊尼山脉和那边的人们就行。她要离开，永远也不要回到她的丈夫——不！那不是她的丈夫，而是一个想要她命的男人，一个试图碾压她灵魂的男人。他再也不是她的丈夫了。她曾经是多么崇拜他，现在却如此憎恨他。

她满脑子想的都是这个男人。她年纪轻轻就嫁给了他：穆索加，她的丈夫，一个白手起家的男人，有四个妻子，却因虐妻而臭名昭著；父亲很不情愿地把女儿交给这个男人，而顽固的她当时根本听不进父亲的劝导。穆索加已在她身上施了魔咒了。她想要这个男人，渴望加入他那些妻子和孩子们中。确实，第一次见面时，她就已经无可救药地爱上了这个男人——他的步态、他的舞姿、他充满磁性的声音，还有他健美的身躯都吸引着她。他浑身上下散发着神秘色彩和男性魅力。求婚仪式简短而奇特。她仍然记得当时自己心跳得咚咚直响、他咧开嘴笑着，还有她犹豫着接过一串牡蛎壳作为婚姻信物。随后便是开怀畅饮和赠送彩礼。

但人们都不敢相信自己的眼睛。不少被她拒绝过的年轻人用充满蔑视和愤恨的眼神看着她。“哎！这么年轻漂亮的女人，就要成为一个老男人的猎物了。”很多人坚信，私下里都说，她肯定是被施了魔法了。的确是这样：她一心一意只想奔赴这个男人了。

那一天让她记忆犹新、心有余悸。她被几个人带到这个男人的屋子里。那是一间专门为她新建的小屋。当时她正准备去田里，不知从哪儿突然冒出三个男人，径直向她走来。她明白，他们是为她而来。她早该知道，并为这一切做好准备。她结婚之日到了。那几个男人粗鲁地把她放倒在地。一开始她真被吓坏了。三个男人把她扛在肩上。她拼命挣扎，想从这些男人温柔而有力的大手中挣脱。可那些男人！他们对她疯狂的挣扎根本不予理睬。其中一个男人极其冷漠地扭头对另一个人说“让她安静一会儿”，便在她脸上捏了一把。这一捏让她愣住了，她突然有一种奇怪的感觉，一种非常愉悦的奇怪的感觉。她停止了反抗，这才注意到她被几个男人扛在肩上，他们用嵌满了粟米种子的手指轻轻地抚摸着她的脚和身体。她感到很愉悦，但突然意识到她得一路哭着去她丈夫家，而且得连续哭上整整一周。

前三个月，她集那个男人的万千宠爱于一身，年轻的她成了其他妻子嫉妒和憎恶的对象。她们很快与她对着干了。哎，这就是女人。这个男人的爱，她们享受了多年，却为何不能让她也享受享受呢？穆卡米仍然记得，大老婆因为拒绝穆卡米从她屋里取火，被男人打了一顿。因为这件事，他们之间终止了所有的言行争战，一切变成了无声的反抗。穆卡米必须坚强地面对她们。她无所谓她们用傲慢和疏远来博取村子里其他人对她们的同情。她为什么要在意呢？她的梦想、渴望、生活，这一切不都在这个男人身上实现了吗？

六个月过去了，九个月过去了，她熟悉的世界开始改变了。她没生孩子。

一个石女！一个不能生孩子的女人！

没有孩子，怎么稳定她和那个男人之间的关系！

没有孩子，拿谁去宠爱、拥抱、责骂！

没有孩子，怎么去延续自己男人祖先的灵魂？

怎么去继承先祖和他父亲的血脉？

她输了，她心里很清楚。其他人也明白。她们窃窃私语，耻笑着。她们那傲慢和骄傲的冷笑深深地刺透了她的心！但她无所畏惧。让她们去当所谓的胜利者吧。她不是还有她的丈夫吗？

但男人变了，毫无征兆。他不再见她，不再去她的小屋。她心生怨恨，四处寻他。她的心为他流血，却找不到他。穆索加，她的勇士、农场主、舞伴，他那因为她而暂时克制着的坚硬的心肠再次暴露了。他甚至开始殴打她。他得知她与他大老婆吵了架，就殴打她，以此来尽情发泄心中积蓄已久的愤怒、不满和沮丧。一次又一次的毒打。周围人只是旁观，却从不出手相助！但这只是一切折磨和苦难的开始，有天早晨她差点就被打死。某天早晨，她的男人把她叫去，没有任何预兆，也没说为什么，就开始打她。打得实在太狠了，然后就把她丢在那里等死。她并没有惨叫，她已接受了自己的命运。她躺在地上想，一切就要结束了，她突然想到，其他几个妻子或许因为她也曾受此虐待。是啊，她看到她们一边挨打一边哭喊着求饶。但她坚决不让这些毒打和恐惧控制住她的意志。她必须战胜这一切。一想到这些，她便很快做出决定，这不是她该待的地方。当然，她也不能回到那个生她养她的地方去面对爱她的老父亲。她不能忍受这种耻辱。

寒冷的夜风把她带回到了目前的处境中。长时间压抑着的眼泪夺眶而出，顺着脸颊流了下来。她匆匆穿过树丛，顺着一条蜿蜒的小道走下山谷，走过一大片荆棘和灌木丛。涓涓的溪流和周遭静静矗立的树木，是在同情她的遭遇，还是在对她的行为进行无声的谴责呢？

她顺流而下，在下游水位最低的地方，踩着两三块石头来到了河的另一边。她心里还是愤懑不已、痛苦万分，居然没注意到自己危险的处境。这不就是抛尸的地方吗？死者的灵魂应徘徊在山谷之中，穿梭在树木之间，不断来骚扰来此地的陌生人和入侵者吧？她恨这个世界，恨她的丈夫，但更恨自己。她是不是从一开始就错了？这是因为她想自私地独占男人的灵魂而付出的代价吗？但为了那个男人，她也付出了自己的青春和美貌。想到这些，她流下了更多痛苦的泪水。

哦，亡者之灵，来带走我吧！
哦，穆隆占、吉库尤和穆比之神，
是谁高居基里尼亚加，但又无处不在，
为何不让我从痛苦中解脱？
大地母亲啊，你为何不把我吞噬，
就像你吞噬古姆巴一样——让我消失在幽冥之下？

她呼唤亡灵将她带走，从此在这个世界上消失。

突然，像是回应她的祈祷一般，她听到了远处传来的悲鸣声，无限伤感却又真真切切。风越吹越猛，最后一颗一直怪异地陪伴着她的繁星也消失在夜空中。昏暗的森林里只有她孤身一人！她碰到了一个冰冷的死了的东西。她跳了起来，这个连毒打也不曾吭声的女子，此时惊恐地尖叫起来。整个森林回荡着她的叫声。不加掩饰的恐惧占据了全身；她浑身颤抖着。她感到自己并非孤身一人，溪流两岸成千上万只眼睛不停地闪着红光，无数只无形的手将她推到前面，又扯到后面，前前后后地推搡着。看着眼前的一切，突然意识到自己身处亡灵之地，远离家门，孤苦无助，她打起了冷战。她整个人毫无知觉，脑子一片空白，甚至欲哭无声。这就是命运——是穆隆古的旨意。她的体力渐渐耗尽，身体一点点瘫软在地上。这就是结局，是她一切梦想和抱负的终点。极具讽刺的是，她并不想死。她只想开始一种新生活——一种给予而不只是有回报的生活。

她的惨剧并未就此了结。她躺在地上，远处猫头鹰和鬣狗在号叫，风越吹越猛，那个悲伤的声音也越来越响、越来越近，天开始下起了雨。身下的土地好像要开裂似的。

突然，在电闪雷鸣中，她窥见远处有一棵树——一棵参天大树，周围的灌木丛都温顺而虔诚地向其屈膝下拜。她明白了；她明白，这就是那棵——神圣的穆古莫——全知全觉的穆古莫的圣坛。她想："这才是真的避难所。"

她不顾倾盆大雨、电闪雷鸣和孤魂野鬼，朝那棵树跑去。这一刻，她的丈夫和穆贺罗尼山村的人们都显得毫无意义。她跑过满是荆棘的灌木丛，撞在树上，跌倒又爬起，此时她的内心如释重负。她不再虚弱，不再焦虑。她只有一个目标，就是跑向那棵大树。这关乎生死——是为生命而战。在神圣的穆古莫下面，她能得到庇护和平安。在那里，穆卡米能见到她的上帝穆隆古，他们部族的神。所以，尽管浑身无力，她仍然一路狂奔。她感到体内在燃烧。现在，她已离避难所很近了，至高的圣坛啊，那个救赎之地。所以她拼命奔向圣坛，不，她不是在跑，而是在飞；至少她的灵魂已在飞奔。她感觉身体轻如羽毛。她终于到了那个地方，上气不接下气。

雨还在下，但她听不到。她躺在神树庇护她的环抱里安静地睡着了。魔咒再次降临在她身上。

穆卡米惊醒了。啊？没有人？她确信自己看到穆比和她的丈夫吉库尤站在一起，穆比还抚摸了她一下——温柔的抚摸传遍了全身。不，她一定是在做梦。一个多么奇妙的梦啊！穆比还对她说："我是民族之母。"她环顾四周，四周依然一片漆黑。那棵古树还在那儿矗立着，高大而葱郁。你究竟保守着多少秘密呢？

"我必须回家，回到我丈夫和族人的身边。"话音一落，一个新的穆卡米就诞生了，谦卑却充满了希望。接着她又睡了过去。咒语再次生效。

太阳从东边升起。穆卡米靠着大树坐着，几道黄色的阳光透过森林洒落下来，照在她的身上。零零星星的光线照在她的皮肤上，穆卡米感到一丝愉悦蔓延全身。她的血液融化开来，天哪！她感到了温暖——如此的温暖、幸福和轻松。她的灵魂翩翩起舞，她的子宫积极回应。于是她明白——她怀孕了，而且已怀孕一段时间了。

穆卡米起身准备离开。她茫然地望向天空，感激和谦卑的泪水顺着脸颊流下来。她的双眼望向森林和溪流的那一头，好似它们在凝视某个东西，某个隐藏在遥远将来的东西。她还看到了穆贺罗尼人，她的阿依鲁（airu）和站在他们中间的她那年富力强的男人。那儿才是她的栖身之所，和丈夫的其他几个老婆一起陪在丈夫的身旁。他们必须团结起来养育鲁里里（ruriri），给他新生命。穆比在看着这一切吗？

远处，一头奶牛在哞哞叫着。穆卡米从梦境中醒来。

“我必须走了。”她开始挪动身子。穆古莫树依旧静静地矗立在那里，那么巨大，那么神秘。

大雨滂沱

纽卡比瘦弱的肩膀上扛着一大捆柴。她将这捆柴卸下来，重重地扔在屋门外坚硬的地上。她两手叉腰站了一会，然后一屁股坐在柴堆上，莫名其妙地深深叹了一口气。再次回家真好。像驴子一样干了一整天活，歇下来可以休息一下，美妙无比，令人愉悦。

纽卡比这一辈子都在干活，干啊，干啊，一天都不得闲。她以为这样可以让她忘掉失望和痛苦，但无济于事。她的生命似乎毫无意义。她坐在那里，茫然地望向天空，感觉自己实在太累了，身心俱疲。

她知道她不再年轻。几周前她看到镜中的自己，发现以前那头浓密的黑发之间居然掺杂着两三根银丝。她打了个冷颤，发誓再也不照镜子了。怎么这么老了呢？而且还没孩子！这才是让人愁烦的。太不可思议了。她居然是个石女。

很早以前她就隐隐约约感觉到了。她明白这对她和她的社会地位意味着什么，内心觉得很痛苦。无法弥补的失落感和深深的失望像一条虫子在她的骨节之间蠕动，一口一口地吞噬着她。

生活无望，活着没有盼头。她原本有着多么崇高的梦想和美好的期盼，最后却都未能实现。

纽卡比原本有很多期盼。但其中始终没有动摇的就是有“很多”孩子。从一开始，她就有一个盼望，盼着自己能够结婚生子。她盼着有一天，自己已是一个上了年纪的女人，夜晚时分，可以和老伴儿一起坐在噼啪作响的炉火旁，而孩子们，睁着好奇的眼睛，张大着嘴巴，围坐在身边，出神地听她讲她部族的故事。她已经找到了她梦想中的男人，但是……但是……穆隆古神还没有赐给她任何东西。对于她的哭泣、渴求和希望，他一直没有回应。她一切美好的期盼都化为了乌有。

她的内心渐生嫉妒，难以忍受。她避开村里的女人们，也不想碰任何一个孩子“治愈”一下自己。该不会所有的女人、男人和孩子们都联合起来对付她吧？他们是不是在互相递眼色，对她指指点点呢？她只想躲在自己的世界里。

甚至她儿时的小伙伴，那个结了婚和她同住在一个村子的恩杰瑞，也突然成了敌人了。按照一般的习惯，恩杰瑞生孩子时，纽卡比应该去探望一下，但出于嫉妒，她从来就没去过。恩杰瑞的孩子长什么样，纽卡比一概不知。所以，纽卡比觉得疲惫不堪，绝不是一个小时前干活累的，她实在是积攒了一辈子的身心疲惫。纽卡比想起了妈妈以前总唱的那首歌中的几句歌词：

女人啊，无儿又无女，

心里啊，疲惫又不堪。

无儿女的女人啊，多么孤苦又愁烦，

神啊，求你宽恕她！

她叹了口气，盯着她和她男人长期居住的这间泥屋。她顿时觉得，妈妈歌里唱的就是她啊。她是不是受到了诅咒？还是因为她不干净？她男人已带她看了很多医生，但就是治不了。

突然间，她内心的痛苦升腾起来，波涛汹涌，直击她的灵魂，简直要冲喉而出。这是真的。对。就是这个东西。她简直要窒息了，感觉这东西会杀了她。这个说不出来的东西令她难以承受。她站起身，快速逃离了那个小屋，逃离了村子，不知疲倦地不断跑着。她像一个“着了魔”的动物，赶着，跑着。头顶的烈日闪着灼热的光辉，正渐渐归西。但这个女人却急急忙忙离开了家，停不住脚步，也不能坐下歇歇。那个东西不让她停下来。

她顺着山脊往上走，毫无知觉，目光呆滞。她面前是成片的耕地，一直延伸到了山谷那边，与一片灌木丛和森林连在了一起。她看到回家路上的女人们爬上山坡，背上背着一堆堆东西。恩杰瑞也在其中。纽卡比机械地，或者纯粹出于本能地避开了她们。她抄了一条近路，很快到了山谷。她穿过灌木丛，并没有走那条常走的小路。荆棘划破了肌肤，但她依旧向前，强迫自己从藤蔓交错的地方穿过去。这个地方既荒芜又凄凉，似乎和她的狂野有种莫名的契合。就算是现在，她还是不知道自己要去哪里。她很快发现自己来到了一片她从未到过的森林里。这儿没有一丝阳光，天空也似乎变了。再也看不到灿烂的云朵了，森林实在太过茂密了。生平第一次，她犹豫了一下，害怕自己身陷在这神秘的森林里。可是，那个说不上名字的东西催促她继续向前走去。继续，继续。

一块长长的岩石耸立在森林里。对一个走累了的人来说，这看起来太吸引人了。纽卡比坐在岩石上，慢慢地开始恢复意识，但她依然糊里糊涂的，浑身无力。她不知道现在几点了，也不知自己已走了多久。这时，一个声音，并不大声地在她耳边对她说：

“妇人，如果你待在这里，你就会死，又孤独又纠结地死去。”

她不想死。至少现在还不想死。她站起来，拖着身子往前走。孤苦凄凉，万念俱灰，像乌云般压在她头上。终于，她拖着身子来到了一块空地上。所谓的空地，一点都不空旷。整块地看上去沉闷阴郁，令人生厌。太阳早早地西落了，大地笼罩在一片毫无生气的阴暗中。冷风吹起，垃圾在空中随风回旋。天空皱起了脸，乌云含怒，聚涌起来。紧接着是一阵阵的闪电，之后便是震耳欲聋的雷鸣！天空摇晃着，大地在她脚下颤抖着。大雨瞬间倾盆而下。

一开始，纽卡比因惊恐而寸步难移。不一会儿，几个雨点滴在她身上，她发现有一种愉悦的感觉传遍全身。没错！最初的雨滴柔和而优美，缓和了她内心的疼痛，她似乎觉得可以将自己那颗冰冷的心敞露在这冰冷的雨水中。她想哭喊起来："来吧！来吧！大雨啊，洗净我！浇透我，把我淹没吧！"

大雨似乎听明白了她那无声的哭泣，竭尽全力地泼洒在她身上。原先的那份抚慰不见了，只剩下狂风怒雨，不停地击打着她。太可怕了。如果不想被大雨淹死，就得赶紧回家。纽卡比用尽全身力气狂奔起来。她在恐惧中喘着粗气，似乎这一生只为了完成这次努力——努力从凄风冷雨中解脱出来。然而，纽卡比力不从心。这场暴雨对一个虚弱无力的女人来说，实在是太坚不可摧了。因此，纽卡比跑到山顶后决定徒步行走，任凭大雨肆意倾倒在她身上。

就在这时，她听到了一个微弱但热切的哭声。女人的直觉告诉她，这是一个孩子的哭声。她停住脚步，向左望去。此时，雨已小了一些，哭声听得很清楚，是从山坡下的小灌木丛中发出来的。家就在眼前，她却要再次爬下山去，这让纽卡比感到无比痛苦。这是一个考验人心的时刻，一个难得的考验我们人之为人的时刻。是啊，这样的时刻并不多见。若放手，机会就会转瞬即逝，徒留下终身遗憾。

纽卡比筋疲力尽，浑身无力，家就在她眼皮底下，近在咫尺。旧日那份嫉妒又浮上心头，更加疯狂地啮咬着她。要去救别人家的孩子吗？她又开始往上爬，继续往上爬。然而，雨似乎积蓄了新的力量，又开始猛烈地抽打下来。狂怒的暴雨声中传来强烈而令人胆颤的叫声。纽卡比的心简直要停止跳动了。她无法再迈出脚步。那叫声一直在她心中回荡。尽管疲惫不堪，毫无力气，也不知道能否再爬上山脊，纽卡比转过身，沿着山脊往下来到灌木丛。那个孩子大概两三岁，蜷缩在一个小小的避雨处，因而先前倒一直没淋到雨。

纽卡比什么也没问，就将孩子抱在了怀里。她试着用身体护着孩子，重新开始爬上山脊时，几乎已抬不动双腿了。可是，哦，那份暖意！那种在内心复苏了的甜蜜的温暖，从一个生命的血管中流向另一个生命！纽卡比血管中的血液融化了，奔腾跳跃。她重获了希望和信仰。她站起身，双脚踏在湿滑危险的地上。她哭着喊道：“让我救他吧。给我时间，哦，穆隆古神啊，救了他再让我去死吧！”大雨似乎并没有听见她的祈祷，也没有因她抱着个孩子而怜悯她。她得孤军奋战了。她重获的对生命的信心给了她力量。快到山顶时，她又滑了下来，倒在地上。她醒过来后，又毫无畏惧地奋力往上爬。孩子不是她的又有什么关系呢？难道不是这个孩子给了她温暖，重新点燃了她冰冷的一颗心吗？她奋力前行，孩子也紧紧地抓住她，躲在她怀里。她拖着双腿，一步一步爬上了山顶。雨停了。

纽卡比全身都湿透了，又累又饿。她步履艰难，悄悄地越过山脊，走向她的小屋。胜利的喜悦充盈在她的血液中。她的双眼闪烁着新光，似乎在迎接即将到来的黄昏。胜利的喜悦战胜了身体的疲乏。她走进小屋，倒在了床上。

她的男人既担心又不安，显得手忙脚乱。纽卡比似乎没看他似的，只是指了指那个孩子。男人用干衣服将孩子裹了起来。他也给妻子递了几件干衣服，又在明亮的柴火上添了些木柴，一直没弄明白，纽卡比从哪儿捡来了这个孩子。

纽卡比已处于昏迷状态，说起了胡话。她嘴里喃喃地说着："雨……雨……落下来……"之后就听不到她的声音了。

过了一会儿，男人仔细看了看这个孩子，认出这孩子正是恩杰瑞的小儿子。纽卡比此时已经睡着了，根本看不到她丈夫一脸惊愕的神情。刚一开始，他无法明白，为什么他那"善妒的"妻子竟会去接触这个孩子呢？

他想起来了。他曾看到恩杰瑞发疯似的在山脊上找她的孩子。恩杰瑞说，那个孩子为了逃脱其他孩子不见了。纽卡比的男人抱着熟睡的孩子，带着无比的自豪，出门告诉了大家这个好消息。想想吧，他的妻子居然做了这件大事！

旱灾中的“疯”女人

终于，我也渐渐相信，她疯了。很自然，因为我妈也说她疯了。村里的人好像都这么想。倒不是这老妇人像疯子那样做了什么疯狂的事情。她平时少言寡语，但有时却会控制不住自己，无缘无故突然大笑起来。或许是因为她总是死死地盯着别人看，目光好像又盯着别的东西，人们才这样说。她那深邃的、闪闪发光的双眼与她那满脸皱纹、骨瘦如柴的身体形成了鲜明对比。但是这个女人眼中总有一种神秘和智慧，让我无法相信她是真的疯了。是什么样的神秘和智慧，深藏在那里？或许就在她体内，或许就在她拿眼睛盯着别人的样子中，又或者就在她的一举一动中。她眼中的神秘和智慧可能就体现在其中的某一方面，也可能集中在所有的行为举止中。

记得有一次我向父亲提起过这个女人，以及我从这个女人身上注意到的各种细枝末节。父亲看着我，只是平静地说道：“这是件伤心事。你看这毒辣辣的太阳、冷酷无情的干旱……这一切让我们的脑子一片空白，失去了理智。”

我不知道父亲为何会说这些事。我一直觉得，父亲并没有回答我的问题，他只是说了他自己的想法而已。但他所说的是对的——我的意思是，他所说的“空白一片”，说对了，因为整片土地确实是一片空白，死寂般的一片空白。

一眼望去，山脊连着山脊，一块块耕地光秃秃地静卧在那里，寸草不生。以前那些美丽繁茂的树篱——作为这片土地上特有的农作物，也是我们这个地区农民的骄傲——如今却干燥得尘土飞扬了。就连我们村子下面那棵从未缺过水的老穆古莫树，绿油油的叶子也都枯萎凋零了。以前也曾发生过短期干旱，但它那生机勃勃的绿色从来就不曾受过丁点影响。很多人预感到大难即将临头。村里还有几个会看天象的先知和巫医，尽管功力渐退，但还是有人去找他们了，也都预言了说厄运当头，劫数难逃。

广播响了。“下面播送未来二十四小时天气预报……”天气预报本来只有旅行者才感兴趣，现在却成了每个人最关心的新闻节目。是的。可能那些在肯尼亚广播电台工作的人正努力用一些神奇的方式帮助人们预测天气。村里的男女老少却通过目测云层变化来预测天气，他们在等待着。每天我都会看到父亲的四个老婆和村里的其他女人到田里去。他们坐在那里聊天，但其实他们在等待上帝赐下雨水的神圣时刻。那些原本在村里尘土飞扬的马路上玩耍的孩子也都不玩了，大家一起怀揣着希望，翘首以盼。

很多人在忍饥挨饿。与其他人家相比，我们家算是比较幸运的，因为我有个兄弟在内罗毕工作，另一个在利穆鲁工作。

父亲的那番话让我更加认真地琢磨起那个老妇人的事了。月底，妈妈从市场买来了一些甘薯和扁豆，我偷了一些，到了晚上便去找那个老妇人的小泥屋。我找到了，那间小泥屋就在村子最中间的位置。那是我第一次见到这个女人。后来我又去过很多次，但那个夜晚在我的记忆中依然是印象最深的。我看到她蜷缩在一个黑暗的角落中。炉火将尽，火苗发出微弱的光亮，在泥墙上投下了奇形怪状的影子。我吓了一跳，想要跑开。可我终究没有逃开，叫了一声“奶奶”——虽然我觉得她并没有那么老。我把甘薯给了她。她看了看甘薯，又看了看我。眼光一闪，随即低下头，开始哭了起来。

“我以为是‘他’回我身边来了，”她哭着说，“哦，这场旱灾毁了我了！”

我不忍看到眼前的一切，飞快地跑开了，心想，不知父亲是否知道这些。她可能是疯了。

一周后，老妇人跟我讲了“他”的故事。文字根本无法描述那天黑漆漆的小屋里那种阴沉忧郁的气氛。她语无伦次地给我说，她如何同干旱做了一辈子的较量。

正如我前面所说，整整几个月了，我们一直坐在那里观望，期待老天快快下雨。下雨前的那个夜晚，一种不同寻常的孤独、沉闷的气氛笼罩在每个人心头。街道上寂静无声。这个女人在她唯一的儿子身边看着他，却什么也没听到。她坐在那把三条腿的吉库尤凳子上，看着男孩发黑的脸。男孩躺在壁炉旁窄窄的床上，痛苦地扭动着身子。在将熄的炉火忽隐忽现的摇曳中，男孩的脸色由暗黑变成了苍白。墙上的阴影像幽灵似的一掠而过，好像在嘲笑床边这个孤独的守护人。而男孩还在不断地问道："妈妈，你说我会死吗？"

她不知该说点什么，也不知该做点什么。她只能祝愿和祈祷。饿坏了的孩子仍在祈求道："妈妈，我不想死。"可是，母亲只是一筹莫展地看着他。她感觉内心再无任何力量和愿望了。男孩又一次用怪罪的语气说道："妈妈，给我一点吃的吧。"当然，男孩并不知道，也不可能知道，他的妈妈什么都没有，她连最后一点点面粉都吃光了。邻居们已帮了她两个多月了，她已决定不再麻烦他们了，因为他们也快断粮了。男孩仍然带着埋怨的神情看着她，好像是在怪她铁石心肠，冷酷无情。

一个没有男人的女人又能做什么呢？她的男人是在一次突发事件中身亡的。他并不是在茅茅起义中牺牲的，也不是被殖民者杀害，而是在一次啤酒聚会上被毒死的。至少人们是这样说的。他死得太突然，再也无法帮她照顾一下儿子。对她来说，1961 年的那个夜晚与十几年前的那个夜晚完全不同。十几年前的那个夜晚，她的两个儿子由于干旱和饥饿相继死去。事情发生在所谓的“木薯饥荒”时期，只因当时人们吃的面粉是用木薯做的。至少那时她男人还在，可以和她分担些悲痛。现在她孤身一人。这对她来说似乎太不公平了。难道这个家受诅咒了吗？可不是吗？要不是母亲侥幸被一群传教士从类似的一场饥荒中救出来，她怎么可能生出来呢？那是在白人正式登场之前发生的事情。卢拉雅饥荒（英格兰饥荒）是有史以来吉库尤人民面临的最严重的饥荒。她的祖父母都死了，全家只有她一个人被救了下来。她看着儿子满是埋怨和乞求的小脸时，所有关于旱灾的恐怖回忆全都涌上心头。为什么偏偏是她？为什么不是别的女人？她仅剩的这个孩子，生命就要走到尽头了。

她离开小屋，去找村里的酋长。显然他什么都没有，似乎也并没有要去了解她的处境，或者是他搞不懂，旱灾怎么可能真的会死人。他以为，女人的儿子大概是老毛病犯了，身上有些痛楚而已。她也曾这么想过。儿子总是病恹恹的，但她从来没有带儿子去过医院。即使是现在，她也不愿带他去。不行，就算是医院，也有可能将儿子从她身边带走。她宁愿自己为儿子做所有的事情，竭尽为他做点什么。她知道，这次是饥饿正在夺走她儿子的性命。酋长告诉她，这几天救济中心会给大家发点食物——这是为部分干旱地区实行的饥荒救济计划。为什么她之前没听说过这件事情呢？那天晚上她睡着了，但是没睡好，因为那虚弱的声音一直在问：“我会好起来吗？”

等待分发救济品的队伍很长。她带着分到的定量，怀着沉重的心情往家走去。她没有进屋，而是坐在外面，双腿虚弱无力。一些男人和女人，脸上带着奇怪的神情，从她屋前走来走去，没有跟她说一句话。确实没必要说什么了。她知道，她儿子走了，永远不会回来了。

这个老妇人跟我讲所有这一切的时候，从没看过我一眼。她抬了抬头，继续说道：“我已是个老女人了。太阳袭击了我唯一的孩子；干旱将他带走了。这是上帝的旨意。”她再次低下了头，拨了拨快要熄灭的炉火。

我起身离开了。她断断续续地给我讲完了整个故事，她的言词根本就与疯女人的胡言乱语不相关。那天晚上（周日或周六），我走在回家的路上，心里一直想不明白，为什么有些人生来就要遭罪，要承受如此多的痛苦和磨难。

我最近一次和那个老妇人聊天大概是在两三周前。我的记性不好，记不清了。又下过雨了。事实上，尽管雨不大，但已经下了一周了。女人们忙着耕作。一切重新燃起了希望。

暴雨始于昨天。雨很早就开始下了。很多年都没有下过这么大的雨了。我带了点东西去了那个老妇人家。这次带的不是甜薯和扁豆，而是几个红薯。我打开门，看到她蜷缩在她平时待的那个角落里。火灭了。只有一盏灯笼在摇晃着，发出黄色的火苗，忽隐忽现的。我开口跟她说话，她便慢慢抬起了头。在这幽暗的冷光中，她看上去十分苍白。她微微睁开双眼，眼中那神秘的光芒愈发强烈了。这其中还有别的东西。不是悲伤，而是带着一种快乐，或是兴奋的东西，她好像找到了失散多年、寻找多年的东西。她想对我笑笑，但微笑中却带着一丝神秘的、邪恶的甚至丑陋的东西。她虚弱地说道，并不是对着我说，但显然完全表达了她内心的那份满足和解脱。

“我看见了他们所有人了。他们都在门那儿等着我呢。我要走了……”

她向下倒了下去。我刚一看到角落里堆放着我送给她的那些东西，那盏微弱的灯笼也跟着熄灭了。那些食物根本没碰过，只是放在那里而已。我走出屋去。

雨停了。街道两旁，透过一扇扇打开的门，我看到屋里的炉火在摇曳，听到人们有说有笑。

在我家里，家人们都在。爸爸在家。妈妈已经把饭做好了。我的哥哥姐姐们谈论着这场刚停的大雨和刚刚结束的干旱。爸爸像往常一样安静地沉思着。我没开口说话，也没有加入讨论。我的脑子里还在想着那个“疯”女人和我送去的丝毫未动的食物。我在想，她是否也死于干旱和饥饿。这时，我的一个兄弟提到了这个女人，还用嘲弄的口气拿她的疯疯癫癫开玩笑。我站起身，瞪着他。

“真是疯了！”我几乎吼叫了起来。大家都惊恐地盯着我。唯独爸爸，始终看着同一个地方。

第二部

斗争者与牺牲者

乡村牧师

约书亚是我们村里的牧师。他望着天上不断聚集的黑云，只低声说了句：“下雨了。”他的声音很轻，轻得一米开外的人根本听不见。他站在一块拱起的地面上，若有所思地抬头看看云层，又看看周围的村庄。他身后是一间方方正正、带铁皮屋顶的房子。黑色的浓烟正从烟囱里往外冒。看来，房子的女主人已经从田里回来，在准备晚餐了。这就是他居住的房子，也是山脊脚下唯一一座这个样式的房子——其他分散在各处的房子一律是用稻草搭建的圆形泥墙小屋。此时，黑烟也从这些小屋中升了起来。

约书亚知道，住在小屋里的大多数人们已经很长时间没吃东西或几乎没吃东西了。过去几个月中，约书亚一次次去安抚饱受饥荒之苦的村民，告诉他们上帝一定会及时赐下雨水。很多次他得知，他们睡前总是饥肠辘辘，肚子空空。由于旱情已很严重，且持续了好几个月，田里的庄稼已岌岌可危，有些甚至完全干枯了。牛羊瘦得皮包骨头，根本挤不出奶来。

如果现在就下雨，对每个人来说都是福气，也许庄稼能够恢复生机，一切都会好起来。父母亲脸上就不会那么焦虑和不安了。约书亚牧师又看了看头顶的乌云，慢慢地走回屋里。

很快，天开始下雨了。震耳欲聋的雷声响彻天际，一道道闪电，发出刺眼的白光，怒吼着划破天空。约书亚牧师吓呆了。他站在窗前，马靴形状的脑袋上是又短又硬的灰白头发。他看着雨水倾泻而下，重重地击打在地面上，大地湿润了。他上气不接下气地低声说道："耶和华！他赢了！"他感觉自己受了骗，心中充满了痛苦和愤怒。因为他知道，这场在早晨祭祀过后接踵而至的雨水，会让村民认定，这是雨神要求他们奉献了一只黑色公羊后赢得的胜利。是的，这成了他们长期以来在马库尤村努力抗争的结果。

马库尤村是一个远离人世的小村落，离最近的教会五十五英里远，这对一个没有山路的村子来说，确实有些远。事实上，这可能是受白人传教士、白人农场主和白人管理者影响最小的地方了。其他地方的雨神、巫医和法师早已受到了基督教对其的挑战，但在这里，一切都还在雨神的指点和操作下进行，雨神的威望至高无上。

萨拜尼布道团尊敬的利文斯通牧师到访这儿，让约书亚在此传讲这个神秘的、全新的信仰之后，挑战和争斗也就开始了。白人的上帝是全能的，无所不知、无所不晓，是唯一的真神，是万事万物的创造者。许多人受约书亚的影响改变了信仰，村里的雨神决定与此一决高低。内心怀着无比的愤恨，雨神试图说服人们不要听信约书亚。他甚至用瘟疫和死亡来恐吓大家。但什么事都没发生。雨神也威胁过约书亚。但约书亚并不在乎。他为什么要在乎呢？利文斯通牧师不是明确地告诉过他吗，这位新的上帝将“永远与他同在，直到世界的末日”？

之后，干旱降临了。约书亚一直不断地告诉大家，会下雨的。他也一次又一次地祈祷雨水从天而降。但是雨一直没下。雨神说，这场干旱是他们原来的神灵的怒火，只有他——雨神，才是唯一一个能为人们祈雨的人。这天，在古老的圣树——穆古莫树下，一只圣洁无瑕疵的黑公羊，作为祭品献上了。而现在，雨真的下了！一整个上午约书亚都在祈祷，祈求上帝不要在这个特别的日子里下雨。“上帝啊，我的上帝，求你千万不要在今天下雨。让我胜了这个求雨的人吧。荣耀归你名。”不管约书亚如何祈求，天还是下起了雨。

约书亚感到困惑，不明白究竟为什么会这样。整个夜晚他一直眉头紧锁，没有说一句话。他甚至忘了和家人一起做晚祷就上床了。他一直在想这个新的上帝。如果利文斯通牧师在这里就好了！一切就都没事了。他一定会从那本黑皮封面的圣经里读一些经文，也一定会向上帝祷告，那个求雨的人也就不会得胜了。一周之后，利文斯通牧师会在集会上求雨。到那时，所有人都会相信这个新上帝，约书亚在马库尤村里就是无可争议的精神权威了。

突然，他产生了一个念头，这个念头令人震惊，惊得他躺在那张用竹竿和绳子做成的床上，一时无法动弹，甚至呼吸困难。他早该想到，也早了解这一点啊：这个新上帝属于白人，他只听白人的。每个人心中都有自己的神明，马赛人有马赛人的神，吉库尤人有吉库尤人的神。他全身颤抖，似乎明白了一切。有些神要比另一些强大，利文斯通牧师也该清楚这一点。也许他也害怕吉库尤人的神，所以离开了这里，甚至在旱灾持续的这段时间里也没再出现。

我该怎么办？怎么办？他有了一个思路了。那天有人献了祭品，他要一大早去找那棵圣树，同他族人们的神和好。

那是一个阴冷黑暗的清晨，鸡已打头鸣。约书亚在他自己的衣服外面套了一件宽大的雨衣，迈着沉重的步伐穿过院子。

房子和谷仓似乎在黑影中警觉地看着他，让他有一种不祥的预感。约书亚虽感恐惧，但心意已决。穿过漫长的小道，走进远处的森林，走到那棵圣树下，去和他族人们的神和好。鸟儿们像往常一样飞来飞去，唱着黎明的序曲。但对约书亚来说，这个序曲曲调阴郁沉闷，似乎唱的就是他自己。这棵参天的古树早在约书亚出生之前就已伫立在那了，一直就在那里。一眼望去，它是那么的神秘莫测，又给人凶多吉少的不祥之兆。长者与巫医们正是在这棵树下向神献了祭品。约书亚穿过一堆干枯的灌木丛来到了树下。一个人要如何才能与神讲和呢？约书亚可没有公羊可以献祭。他什么都没有。

“吉库尤族的神啊，我同胞人民的神啊……”约书亚停住不说了，因为这声音听起来实在太不真实了。这肯定不对，像是在自言自语。约书亚又继续开口说道：“神啊……”突然，清脆的笑声随着树枝折断的“咔擦”声打断了他。他吓了一跳，很快转过头去。约书亚身后站着的正是那个雨神，正不怀好意地看着约书亚。雨神又恶毒地笑了一声，带着胜利者满心的骄傲。

“哼！这么说，白人的走狗来跳狮子坑了。哈！哈！看来约书亚是讲和来了。哈哈哈！我就知道你会来的，约书亚……你为陌生的白人服务，把这里的人们弄得四分五裂。现在只有你同胞的力量才能洁净你。”约书亚没有再继续听下去，他离开了那棵沉默不语的圣树，离开了雨神。并非因为害怕。他不再害怕那棵树，也不再害怕雨神。他不再害怕他们的威力，因为在他向圣树祷告时，他发现一切是那么的不真实。这也不是一种挫败感，而是另外一种感觉，一种更为糟糕的感觉——耻辱感。这种强烈的空虚和无助感，只有在舍弃过自己的信念，有着坚强意志力的人才能感受得到。他羞愧难当，加快了步伐，无暇顾及左右，在晨曦中，一路往回走。

路很漫长，泥泞不堪，不过约书亚并不在意。他无视一切，也对周围的一切麻木不仁。他心里只有无尽的羞愧和深深的自责。他果然在那棵圣树下背弃自己的信仰了吗？“这回不知利文斯通牧师会怎么说我呢？”他不停地自言自语道。利文斯通肯定还会指责他，认为他很不配。此前，约书亚不声不响喝了一口啤酒解渴，利文斯通就批评过他。还有一次，因为妻子没有及时做出回应，约书亚打了她，利文斯通也就此警告过他。

“信仰上帝的人是不会做这种事的。”利文斯通牧师哀伤地慢慢地说道。确实，没人能理解利文斯通。有时他表现得严厉又专横，似乎有些蛮不讲理，有时他又变得悲伤而痛苦。他戴着厚边太阳帽，双眼凹陷，定睛看着你时，你根本猜不到他想说什么。约书亚现在心里很清楚，利文斯通一定会觉得他很没用，根本不配做一个领导人——事实上，就连他自己也这么认为。

约书亚终于走回家了。此时，太阳已出现在东方。他站在屋外，环顾面前一整片山脊和村庄。突然他想逃走，再也不传道了。约书亚陷入沉思中。妻子过来跟他说，“有个人”来他家，这会正在屋里等他。约书亚似乎都没有注意到妻子脸上那焦虑而惊讶的表情。

会是谁呢？女人们真是的，从来就不会直接告诉你那个人是谁，她们总是说“有个人”。他这会什么人都不想见，因为他感觉自己现在通体透明，人家一眼就能识破。会是雨神吗？他不禁打了个寒战。或者是他的某个信徒？可是现在，他自己都背弃了信仰，又能跟人家说什么呢？他不配做牧师。“如果今天见到了利文斯通，我会劝他放弃我。那我就离开这里。”

他走进屋子，随即停住了脚步。因为坐在吉库尤三脚凳上的，不是别人，正是利文斯通牧师。利文斯通经过整夜的长途跋涉，看上去极度疲惫不堪。他抬头看着约书亚，但约书亚却没有看他，而是朝别的东西看去。

他看到了那个他背弃了信仰的祭台，他看到了雨神，听见了他作为胜利者那极具挑衅性的笑声……

快逃，约书亚！可他没有逃开。

快逃，约书亚！可他居然朝利文斯通走了过去，像是为了寻求保护。

那就不要把事情告诉他！可是约书亚把一切都说了。自始至终，约书亚都不敢抬起头。他一直低着头。在他承认自己的过错，包括内心那份无尽的空虚和羞愧感时，约书亚感觉心中的力量从大腿两边渐渐消退了，他的心不断地往下沉，往下沉……他用力靠着墙，眼睛始终盯着地面。利文斯通一句话也没说。房间里一片死寂。约书亚甚至能听见自己的心跳声。他等着利文斯通指责他，说他是多么配不上这份呼召，然后起身离开。

约书亚小心翼翼地抬起头，发现利文斯通满脸微笑地看着他。约书亚这一辈子再也没有碰到过比这更让人惊讶的事情了。利文斯通原本那种严厉与冷酷此刻荡然无存，取而代之的是他对一个新生的、更为坚定的追随者所流露出的柔软、和蔼的怜悯。约书亚无法理解利文斯通的眼神。他的心越跳越快，心跳声也越来越大了。

利文斯通缓缓地沉思了一会，伸出右手握住约书亚的右手，用左手拍了拍他的肩头。他喃喃地说了一些关于受伤的心灵和悔过的灵魂的言辞。约书亚默默地看着他。终于，利文斯通说道："我们一起祈祷吧。"

约书亚的妻子进来时，发现他们正在虔诚地祈祷，就回到了厨房，不知道发生了什么。几分钟后，她再过去时，发现利文斯通正在谈马库尤村目前存在的问题：雨已经下了，干旱问题也解决了。约书亚倾听着。

黑　鸟

没有人真正了解他。就连瓦马伊萨，这个声称和他最亲近的人，也根本不懂他。他一直活得很孤独。究竟谁能帮助他呢?

我对他印象深刻。在我的记忆里，他个子很高，四肢强健，给人的感觉是，他只要轻轻一踩，就能将人踩扁了。他的一双大眼睛又黑又亮。不过有时候，这双犀利的眼睛看上去像孩子似的可怜无助。这双眼睛，时而让人同情，时而又让人害怕。有时他会盯着一面墙，似乎要记住每一个细节。我不知道他是不是沉浸在自我幻想中，但他也时常从幻想中跳脱出来，茫然环顾四周，仿佛刚从梦魇中醒来。

我是在学校初次遇见他的。曼果是当时利穆鲁唯一的一所学校。因此，整个村庄的孩子都来这里上学——当然也包括他。他的家在距离学校几英里外的噶提吉-伊尼山脉。每天放学回家，他得爬好几座山，穿过几条山谷和几块平地。在学校，我们叫他库鲁马，意思是“咬”。很好玩，但我不记得我们为什么要叫他“咬”

了。他的真名叫曼噶拉，身材魁梧、年轻力壮，长得挺帅气，深受女孩们的青睐，但他总是刻意回避，和她们保持距离。事实上，他对所有人都爱搭不理的。他擅长运动，喜爱一些有难度的运动，比如跑步、跳跃、拳击之类，尤其热衷于摔跤，喜欢跟别人一决高下，哪怕是年龄比他大的男孩也没关系。如果打倒了，他会爬起来继续玩，即便打倒二十次，他也从不脸带怒气。至于足球，就更是无与伦比了，简直是所有人心目中的英雄。

一开始我并不喜欢他，可能是因为我有些嫉妒他吧。你看，我并不擅长运动，也没什么强项，就连学习也不够出众。像他这么一个既受女孩子青睐，也得到老师们喜欢的家伙，自然容易引起别人的嫉妒的。我讨厌他，讨厌他那种孤傲，在我看来这不过是另一种骄傲，瞧不上那些对他示好的人。之后我发现，他很孤独。

我不知道是什么事情让我得知他是孤独的。是他的眼神吗？也许吧……对，我想应该是的。在学校的一次集会上，我不经意中回过头，看到他定睛注视着什么东西，好像很认真地关注着他周围发生的一切似的。我不是有意的。也就一秒钟的时间，他看到我注意到了他，便低下头，不再凝视。

还有一次，我很早就到了学校，便朝着墓地的方向独自漫步，发现曼噶拉早已在那，一个人陷在沉思中。我没有上前和他搭话。

至此，我和他还没有真正邂逅。

学校下面有片茂密的小树林，没有人敢去，男孩子们都觉得那里有鬼。据说，很多年前有个女人被丈夫施暴，逃到了这片小树林，突然就死了。

我为什么会去那片小树林呢？应该是我太孤独了吧。有一天午休时间，其他男孩都回家了，我独自来到这片小树林，穿过茂密的树丛，来到了这片小森林中间一个开阔、干净、空旷的地方。就在那里坐着一个人，是曼噶拉。一开始，对于我突然闯入这个地方，他感到惊讶不定、气恼不已。他盯着我，我也盯着他，一片死寂。我打破沉默，问道：

“你在这里做什么？”

他并没有马上回答我。他看着我，皱了皱眉头，似乎在掂量这个问题的轻重。我有点生气，打算再问他时，终于开口了。

“我在找黑鸟。”

“黑鸟？”

“是的。”他的声音很小，目光越过我，朝我的身后望去。我转过头，想看看他在看什么，却什么都没看见。我很纳闷，觉得他的行为很古怪。突然，我想起大约一个月前的一天早上，在学校墓地遇见他的事。

“我在墓地看到过你。”

“噢，真的吗？”

“真的。”

“还是在找黑鸟吧。”

我笑了，他也笑了。然后他又一脸严肃起来。我想这大概就是男生爱幻想的缘故吧。

“你找到了吗？”

“没有！”

我没再多想。但从这次邂逅之后，我们之间的友谊渐长。

我们一起出入学校，他也没再提过“黑鸟”。他很聪明，虽然好像没怎么用功，但每次期末考试，总能取得好成绩。因此，他是为数不多考上大学的男生。从此我们分开了。我在利穆鲁的T&H贸易公司找了一份工作。

他成了一名优秀的医学生。每个人，包括老师在内，都对他寄予厚望。

“他怎么回事？”有一次在内罗毕的一家咖啡厅喝茶，他的同学问我道。

“他怎么了？”

“他总是心事重重。很奇怪……又有点孤僻，我可以这么说吗？而且他看东西的方式……你会觉得，嗯……"

大学期间，他遇到了年轻的女教师瓦马伊萨，是吉克罗罗村的。他深深地爱上了她。偶尔碰到，他总会跟我提起她。他想娶她。那些年，他似乎远离了孤独，看上去与他所谓的幸福近在咫尺。在他同这个女孩对幸福天真般的期待中，总有些怪异的事情发生，让人深感怪异且希望渺茫。我见过他们俩一两次。瓦马伊萨身材高挑又苗条，头发黑亮，一丝不乱。她很虔诚，至少在我看来是这样。她甚至在走路时都带着圣洁。她很美，她的美不是体态上的那种美，而是由内而外从全身散发出的那种美。

大学毕业前的那个假期，他出人意料地来到我们家。我疑惑地看着他，他的眼中又出现了那种飘忽不定的眼神。他衰老了，疲惫不堪。满心欢喜的幸福已不复存在。我担心瓦马伊萨已和他分手，但我觉得最好不要提及这件事。

我们家有一个我很喜欢的小房间，以前我们常常在里面一起吃饭、看书、聊天。有天晚上，我们吃完饭后，像往常一样在桌子边坐了下来。油灯好似被神灵附体，烧得通亮。我们俩都没说话。我在看书——书名我想不起来了，我也没有心思看书。曼噶拉显得比往常还要心不在焉。

“你从没听说过黑鸟。”我差点跳了起来。想起了他上学时，我们在“闹鬼”的小树林里邂逅的情景。

“你上学时在寻找的那个鸟吗?”

“是的。”

“得了吧！别开玩笑了。”

“我这辈子从来都没这么认真过。”他没再说话。我本来想笑，但他说话的语气让我实在笑不出来。接着，他深深地叹了一口气，说道：“我一直在寻找黑鸟。”他看了看我，继续说了下去。

“你不迷信，我知道你会说你不迷信。所以你一定觉得医学生不该迷信。但我告诉你这不是迷信。是——你会想到过去的事吗？”

“呃，不常想。”

“你肯定没想过。比如，过去的事会一直追着你，直到在复仇中把你猎杀为止。”

“怎么会呢？”我迷惑不解，又有些害怕地问道。

“这么说吧，你觉得发生在你爷爷或你爸爸身上的事情会影响到你吗？”

“在哪个方面？”

“嗯，无论从哪个方面……如果你爸爸受到了诅咒，这个诅咒会传递到你身上吗？”

“祖辈犯下的罪孽会传递到第三代、第四代子孙身上，会吗？”

“会的，确实如此。”

“怎么可能！这也太荒唐了！”

他叹了口气，又开始自言自语说道：“唉，我不是要怪你，只是现在我知道了，瓦马伊萨肯定是理解不了的。”我愣住了，我从未听过有人用如此可怜巴巴的语气说话的。

“那是一个周日的晚上，”他突然说，“我从一个叫‘奶奶’的远方亲戚家回来的路上，皎洁的月光吸引了我，我就在山脊上漫无目的地晃荡着，因此到家的时候已经很晚了。妈妈在家，我的两个弟弟在一张靠近壁炉的床上玩耍着。大家都很开心。父亲不在家。这很反常，父亲没有晚归的习惯。即便是教会聚会，他也总是早早地回到家。所以，过了一会儿，我们大家都开始担心起他来了。

“我刚吃完饭，突然听到了打雷似的敲门声。一会儿，门前出现了一个可怕的黑影，这个黑影正是我父亲。他那头平时打理得整整齐齐、干干净净的头发，此时却变得凌乱不堪，眼睛里布满了血丝。父亲站在门边，一句话也没说，似乎在审视眼前的一切。然后，他重重地摔倒在了满是灰尘的地板上。

“我们都吓得大叫了起来，以为他死了。父亲并没有死。母亲把冷水浇在他头上后，父亲慢慢地睁开了眼睛。他看到我们都围在他身边，感到很惊讶。他感到极度恐惧，整个身体颤抖不已。他低声呢喃着，而我唯一能听清的除了‘黑鸟’两字，再无其他。他又昏睡了过去，一直睡到了第二天才醒来。

“那是我第一次听到黑鸟。父亲没能熬过那场惊吓，大约一个多月之后就去世了。对于他的突然离世，大家议论纷纷，因为父亲是一个成功男人，大家都知道他诚实可靠，又怀有宗教热诚。

“父亲死后，我的两个弟弟也因肺炎相继离世，只留下我和妈妈相依为命。我们卖掉了所有家当，逃离了齐安布村，搬到了噶提吉-伊尼。母亲是在那个时候跟我讲了她所知道的一切——我是说，关于黑鸟的所有事情。”

曼噶拉停了下来，深吸了一口气。

“你看，一切都得从穆兰嘎开始讲起。那是我们最早居住的地方。我们在那儿有一大片土地。我爷爷是第一批转而信仰白人的基督教的人。这批人对基督教都很热衷；他们渐渐相信，他们族人所有的一切都是邪恶的，一切风俗都是有罪的。我们所信的都是迷信，是魔鬼的所作所为。我们信仰的神是黑暗之子，而我爷爷和他的信徒们深信，他们是受上帝特别拣选的战士，来拯救一个丧失在永恒咒诅中的民族。没有什么能伤害到他们，因为上帝与他们同在；因此，他们翻山越岭，来到圣地，扔掉了在穆古莫树下向嗯噶伊神献上的祭肉。上帝的战士们要与撒旦决一死战！

“在我们这片土地上，有一位德高望重的老穆都穆格。他能治好许多疾病，曾与阿罗吉神和其他恶魔征战。据说他能预知未来。他的魔法力十分强大。他曾用魔法为人们带来福祉，尤其是在干旱与战乱时期。我爷爷径直找到了这个人，怀着极大的宗教热诚捣毁了他所有的东西，并将它们付之一炬。然后，他开始用基督教义跟他布道。一开始，这个老人对发生的一切感到难以置信，接着，用一种令人恐惧的语气对我爷爷说，他将会为今天的暴行付出代价。

之后，老人就消失不见了。

“多年后老人又回来了，变成了黑鸟。我爷爷死了，爷爷的妻子和孩子也相继去世，只剩下了我父亲一个人。他们临死前都说，他们看到了黑鸟。父亲从穆拉嘎逃到了齐安布。但你看，黑鸟也追着他来了。”

曼噶拉再次停了停。他的声音非常疲惫，我抬头看了看他。他说：“在我们搬到噶提吉–伊尼之后，母亲也很快去世了。她也看到了黑鸟。我实在想不通，为什么我父母从未犯过罪，却要因此而丧命呢？为什么？这是为什么？我那时就发誓要留意寻找这只黑鸟。我也祈祷，希望自己能够制服这只黑鸟。但一切都是徒劳。你可能不相信这些，但对我来说，黑鸟是真实存在的。在学校读书期间，我一直都在寻找它。后来，我上了大学。

“我遇见了瓦马伊萨。我忘了黑鸟，脑子里唯一想的就是怎么才能娶到瓦马伊萨。我当时天真地以为自己就要和瓦马伊萨结婚了呢。那是我当时追求的成功。也许我觉得这能使我的灵魂得到平安……我脑子里再也没想到黑鸟了，就算想到，我也试图把精力全放在学习上，好让这些念头从脑子里赶走。”

他又停了停，将双手交叉放在脑后，靠在椅子上，目光盯着我身后，说道：

“我现在终于见到黑鸟了。”

我站起来，恐惧地朝四周看了看。墙上摇曳的影子好像是那恶魔的化身。我重新坐下，羞愧难当。

“那是在上周，你知道我没有直接来这里。周日我跟瓦马伊萨一起去散步。我感到从未有过的幸福。平生第一次我感觉自己挣脱了过去的负累，在我和瓦马伊萨的二人世界中获得了新生。我们在一起有说有笑。黄昏渐渐降临，我们在小山坡上像孩子一样打闹嬉戏。瓦马伊萨走开了一会儿。我侧卧在地上，随意地看着周边的一切。

“黑鸟在盯着我看。我无法描述当时看到这个幽灵时的反应。我脑子里一片空白，甚至发不出声来。我只是看着，自己也感觉有些奇怪。我一直祈祷要寻找的黑鸟，现在面对面见到了，而我什么都做不了。鸟很黑，黑得跟煤烟一般……也许是因为黄昏的缘故，颜色加深了……但是，鸟的眼睛很大，而且……而且……看着像是男人的一双眼睛……是红色的……哦……天哪，天哪。黑鸟飞走了，而我一动都没动。”

曼噶拉一边回忆，一边浑身颤抖，我也不由自主地颤抖起来。我冲过去，疯了似的上紧门闩。然后我冲过去，关上了窗户，拉上窗帘，把这可怕的黑暗挡在窗外。然后我回到了座位上。

“你告诉瓦马伊萨了吗？”

“没有，我没告诉她。我跟她说我不太舒服。她看见我在发抖，以为我受凉了……我怎么能把她也拖进来呢？更何况，她也不会相信我讲的这一切。就连你……”

我赶紧反驳。但在我心里，也许就像要挣脱自己刚刚表现出来的软弱一样，曼噶拉作为一名医学生和一个在西方信仰和思想中成长起来的人，竟会深信这种荒谬的事，是很丢脸的事。

“我知道你不信。如果有人跟我说这些，我也不会信……”

那天夜里，我们准备上床睡觉时，他对我说：

“你看，我爷爷应该去圣树下洁净自己。我妈妈去世前也这么说。”

那天晚上我辗转反侧，难以入睡。

曼噶拉回到学校，去读他大学的最后一个学期。我没有再听到他的消息。我在公司谋到了一个更好的职位，派我到坦噶尼喀去负责仓库的事务。我感到很荣幸，因为我是公司里第一个获得这个职位的非洲人。

我在坦噶尼喀工作了六个月，然后休短假回了家。利姆鲁镇没有什么大变化。有一块地已规划了要建一个贸易中心，但老印度集市还在。我穿过集市，走在通往我家的小路上。就在那里，我遇见了瓦马伊萨。她变了。依旧高瘦，但面目憔悴。穿在身上的裙子看上去一周没有洗过了。真是奇怪，她过去亮丽、圣洁的样子哪儿去了？曼噶拉在哪儿？

“你还好吗?”我握着她那骨瘦如柴的手问道。

“我挺好的。”

“曼噶拉呢?”我高兴地问道。

她盯着我,我也盯着她。我的问题好像让她伤心了。

“你没听说吗?”

“听说什么?”

“他死了。”

“死了?!”

“他没通过毕业考试。所以,人家说,他自杀了……哦!他为什么就不相信我呢?我真的很爱他……”

她放声大哭,好像他才刚刚去世。我蒙住了,他怎么会通不过考试呢?

一周后,可能因为气候的缘故,我胸痛,还咳嗽不止,于是去见了 K 医生。他也是那所大学毕业的医学生。我们聊了很多,聊到了曼噶拉的死。

“人们都说他因考试失利而自杀,但我不相信。他是个很奇怪的人,但很聪明,我们之中没人能跟他相比。不过最后一个学期,他荒废了学业,而且日渐消瘦。一到晚上,总看到他在学校的小教堂周围游荡。他像行尸走肉一样,但一到考试,他就双眼发光,好像看到了一些美丽又令人惊喜的东西……考试结果出来了,他没通过。他就是在这里知道考试结果的，我当时就跟他在一起。我跟你说，他看上去一点都不惊讶，好像早就知道这个结果似的。一周之后有人发现他死在那棵圣树下。他的眼中流露着一种奇诡的平静，就像是他完成了一项艰巨的任务似的。那眼神，跟你在那些宗教复兴运动者眼中看到的一样。”

回到家，我直接就上床了，久久地盯着空中，不知是否该关灯。

牺 牲 者

贾斯通先生和贾斯通太太在家中被无名匪徒谋杀。案件发生后，引发了很多传言。各大日报的头条和新闻广播都将其作为重大事件加以大肆报道。之所以引起如此广泛的关注，是因为在这场席卷全国且日渐高涨的暴力浪潮中，贾斯通夫妇是第一批被枪杀的欧洲移民。而且据说这场暴行背后有一些政治动机。现在不管去哪儿，无论是各大超市、印度集市，还是偏远的非洲本土商店，你都会听到大家在谈论这起谋杀案，众说纷纭，版本各异。

希尔太太的房子坐落在一个偏远的小山丘上。在这座孤零零的房子里，这桩谋杀案谈论得更是彻底和热闹。希尔太太的丈夫是开拓期一位经验丰富的老移民，早些年在去乌干达的途中感染了疟疾死了。希尔太太的儿子和女儿在其本国读书，本国指的是英国。身为最早的一批移民，希尔太太拥有很多土地，其大片茶园几乎遍及整个国家。即便不是每个人都喜欢她，但希尔太太非常受人尊敬。

有人不喜欢她那种在他们看来对“当地人”的态度过于“放

任”。在谋杀案发两天后，斯迈尔太太和哈迪太太脸上带着悲伤的胜利表情，来她家里谈论这起谋杀案。所谓悲伤，是因为欧洲人（不仅仅是贾斯通先生和贾斯通太太）惨遭杀害了，至于胜利，则是因为当地人那罪恶本性和忘恩负义毋庸置疑，终于被证实了。希尔太太再也不能坚持她那“只要方式得当、当地人可以教化”的观点了。

斯迈尔太太是一个身材瘦削的中年妇女，鼻子坚硬挺拔，双唇紧闭，让人不由得联想到传教士。在某种程度上，她也算得上个传教士。她坚信是她和她的同伴们为这些野蛮人在这一片蛮荒的国度建起了一片文明乐土，而且她认定这是她的使命，要通过她的步态、言语以及日常行为来不断提醒当地人和身边的其他人这一事实。

哈迪太太有着布尔血统，早年从南非移民到这个国家。尽管她对任何事情都没有自己的看法，但她觉得所有与她丈夫和她族人相仿的观点，她都完全认同。比如那天，她发现无论斯迈尔太太说什么，她都认同。希尔太太坚持自己的立场，依然觉得当地人骨子里是驯良的，唯一要做的就是对他们和善一些就可以了。

“这是他们所需要的一切，对待他们和善些，他们也会和善地对待你们。看看我的‘男仆们’，他们都很爱戴我，我让他们做什么，他们就做什么！”这就是希尔太太的人生哲学。这套理论受到了许多开明进步人士的支持。希尔太太已经为她家的男仆们做了一些开明的事情，不仅为他们建造了一些砖房（注意，是砖房），还给那些孩子们建了学校。即使学校没有足够的教师，即使孩子们只能上半天学，另外半天要去种植园里干活，这些都不重要，重要的是，其他移居者们根本没有勇气做这些事!

“太可怕了，天哪，这是多么可怕的做法!”斯迈尔太太激动地嚷道。哈迪太太也随声附和着。希尔太太依旧保持中立。

“他们怎么做得到这样呢？是我们给他们带来了文明，是我们阻止了奴隶制和部族战争。不然他们不都还得过野蛮痛苦的生活吗？”斯迈尔太太使出浑身解数来展示自己的口才，最后，她难过地摇了摇头，总结说：“我早就说过他们难以教化。真让人受不了。”

“我们应该表现得宽容一些。”希尔太太建议道。比起斯迈尔太太传教士般的长相，希尔太太说话的语调更像个传教士。

“宽容！宽容！我们还要宽容他们多久？还有谁能比贾斯通一家更宽容的呢？还有谁比他们更善良的呢？想想他们收留的那些人吧，他们擅自占用土地……”

“嗯，不是他们干的……”

“那是谁干的？谁干的？”

“该绞死他们!”哈迪太太提议，声音里带着无比的坚定。

“他们是被自家的男仆从床上叫起来的！”

“真的吗？”

“没错，是他们的男仆敲了门，催他们快开门，说有一些人在追他——”

“有可能是因为——”

“不可能！这肯定是策划好了的，全都是骗局。门一打开，匪徒们就冲了进去。报纸上全写着呢。”

希尔太太感到十分内疚，扭头看着别处。她还没读那份报纸。

下午茶的时间到了。她走到门口，用友善地尖声喊道：

“恩交罗盖！恩交罗盖！”

恩交罗盖是她的男仆，高大魁梧，已近中年，伺候希尔太太已经有十多个年头了。他头戴红毡帽，穿着一条绿色的裤子，腰上缠着红布带。他来到门口，扬起眉毛露出询问的神情，同时说：“什么事，夫人？”或者“来了，先生。”

“把茶拿过来。”

“好的，夫人。”他迅速瞥了一眼房间里的太太们，离开了屋子。因为恩交罗盖进来而中断了的谈话，继续开始了。

希尔太太说：“他们看起来那么清白无辜。”

“没错，纯洁的花朵底下却是一条败坏的毒蛇。”

斯迈尔太太十分熟悉莎士比亚的名言。

“他和我待了差不多十年，非常忠诚，也非常爱戴我。”希尔太太竭力为她的男仆辩解。

“不管怎么样，反正我不喜欢他，我讨厌他那张脸。”

“我也是。”

茶端上来了。她们喝着茶，继续聊着这起谋杀案，还有政府的政策以及善于蛊惑人心的政客。这些政客在这个还算美丽的国家并不受欢迎。希尔太太坚持认为，那些半吊子政客，自以为去过英国就等于受过高等教育，根本不了解民众的夙愿。但友善地对待他们，就可以赢得仆人们的心。

然而，斯迈尔太太和哈迪太太刚走，希尔太太就对这起谋杀案和刚才的谈话细细地想了想，不禁感到心神不安，第一次意识到，万一遇到袭击，她住得太偏远，很难寻求救援。不过想到身边有把手枪，多少是个安慰。

用完晚餐，恩交罗盖一天的任务也就忙完了。他从亮堂堂的屋里走出来，走进无边的阴影中，很快消失在夜色中。他沿着一条山路，从希尔太太家往山下他们的住处走去。他想吹个口哨来驱散四周的寂静和孤单，却告吹了，因为他听到了刺耳的鸟叫声。很奇怪，鸟儿居然在夜晚悲鸣。

他停下了脚步，一动不动地站着。山下那边，他什么也看不到。但身后，希尔夫人那座房子巨大的轮廓显得极为壮观。他向后凝视，愤恨不已。在他的一腔怒火中，他突然意识到自己在慢慢变老。

“是你，都是你，我和你生活了这么长时间，是你让我陷入到了这种境地！”恩交罗盖想冲着那座房子把这些话，连同长久积压在心底的其他事情，都喊出来。但房子不会有任何回应，他觉得自己有点傻，于是继续朝前走去。

鸟又叫了。叫了两次！

“算是对她的警告吧。”恩交罗盖想。可一想到这伙白皮肤的外国人把这片土地上真正的子民从上帝赐予的土地上赶走了，心中的怒火又腾地一下燃烧了起来。上帝不是把这块土地赐予吉库尤人了吗？不是承诺要和他的子民们永永远远在一起吗？而现在，土地已被掠夺一空了。

他又想起了他的父亲。每当愤怒不已、苦痛不堪的时候，他都会想到父亲。父亲死于一场争斗，一场为重建被毁的神殿引起的争斗。那是 1923 年著名的内罗毕大屠杀，警察向和平请愿的民众开火，他父亲就在惨死的民众之列。从那时起，恩交罗盖不得不四处谋生，去欧洲人的农场找活干。他遇到过各式各样的农场主——有的苛刻，有的友善，但都很强势，只支付一点他们觉得够可以了的报酬。之后他受雇于希尔家。说来奇怪，他来这儿纯属巧合。属于希尔太太的这片土地，很大一部分原本就是他们家的，这是父亲在世时告诉他的。当时他父亲和其他村民因饥荒暂时退居在穆兰噶，回来后却发现，天哪！土地没了！

“看到那棵无花果树了吗？记住，那片土地是你的。要耐心等着，看着这伙欧洲人，等他们走了，你就可以认领这片土地了。”

他那时还小。父亲去世后，恩交罗盖就忘了这件事。碰巧他来到这儿，并看到了那棵树，他就全想起来了。他心里清楚地记得那片土地的每一条边界线。

恩交罗盖从来就没有喜欢过希尔太太。他讨厌希尔太太那种自鸣得意的样子，觉得她自己为手下打工的人做了很多事。他也伺候过诸如斯迈尔太太、哈迪太太之类冷酷无情的人，但他内心一直都明白自己的立场。可是希尔太太非同一般！她推崇的自由主义简直让人窒息！恩交罗盖痛恨这些殖民者。最可恨的是殖民者身上的伪善和自鸣得意。他知道希尔太太也不例外。她和其他人一样，只是她喜欢家长作风。这一点使她深信自己优于他人，但实际上她比别人更糟糕。你完全猜不透她心里是怎么看待你的。

突然，恩交罗盖大喊了一声：“我讨厌他们！我恨他们！”随后，一种可怕的满足感向他袭来。就在今晚，无论如何，希尔太太都得死——为她那自鸣得意的自由主义付出代价，为她的家长作风付出代价，为她们殖民者民族犯下的所有罪孽付出代价！这样就又少一个殖民者了。

他走进自己的房间，发现从其他做工人的房间里没有烟冒出来，很多房间已熄了灯。可能有人睡着了，也可能去原住民地区喝啤酒去了。他点上了油灯，坐在床上。房间很小，如果坐在床上把胳膊伸开来，几乎可以够到房间的任何一个角落。然而，就是在这儿，他、两个妻子和孩子们在这个小房间生活了五年多。多么拥挤不堪！可希尔太太却认为，她已经做了够多的了，她为他们盖的是砖房。

“很不错，是吧?”她特别喜欢这么问。每当有访客来，她都会把他们带到小山的这边，把那些房子指给他们看。

想到希尔太太将要为她那自鸣得意的虔诚付出代价，恩交罗盖就冷冷地笑出了声。他有一把锋利的斧头。他要为父亲的死报仇，要为这块被占领的土地采取行动！他早安排妻儿们回到原住民区，他们在那边的生活应该已安顿妥当。无论如何，他不想给家人带来麻烦，所以这次行动之后他会逃离这个地方。

那些自由的仆人随时都会回来。恩交罗盖会把他们带到希尔太太家。背叛！——对！然而此刻这是多么必要啊。

今晚，夜鸟的悲鸣比以前更为刺耳，恩交罗盖听到了。这是一个不祥的征兆，通常预示着死亡——希尔太太的死亡。他想到了希尔太太，他记得她以往的那些事。他和希尔夫妇已一起生活了十多年。他知道希尔太太深爱着她的丈夫，这一点他深信不疑。当希尔太太得知丈夫的死讯时，简直悲痛欲绝。那一刻，她身上的殖民者本性已荡然无存。也就在那一刻，恩交罗盖居然同情起她来。他又想到了希尔家的孩子们！他了解他们。他看着他们就像看着其他孩子，甚至像看着自己的孩子一样慢慢长大。孩子们也深爱着自己的父母，希尔太太对孩子们也总是那么地温柔慈爱。他想到他们远在英国，不论在英国哪个地方，都没有父母的陪伴。

突然，他一下子意识到自己不能那么做。他说不清怎么回事，但希尔太太在他头脑中突变成了一个女人、一个妻子，就像恩杰瑞和瓦姆布依一样，最为重要的是，她还是一个母亲。他不能杀害女人，更不能杀死一位母亲。他为自己这一转变感到厌烦甚至焦躁不安，竭力想把自己调整过来，成为原来的自己，只把希尔太太当作殖民者来看待。将其视为殖民者，事情就简单了。因为他痛恨这些殖民者和欧洲人。如果他能如此看待希尔太太（把她看作一个白人或殖民者）就好了，他就可以毫无顾虑地采取行动了。但他现在怎么也找不回之前的状态了。至少现在不行。此前，他从来没有考虑过希尔太太的这些角色。但他知道她不会改变，还是会像以前一样，自诩清高，自鸣得意。就在此时，他意识到自己心态不一，这样的摇摆不定或许会一直持续下去。对于一段十年的关系，要一下子抹开确实不可能，尽管对他来说，那是痛苦又屈辱的十年。他多么希祈世上从来就不存在不公，这样白人和黑人之间就不会有如此可怕的隔阂，他也不用经受这般痛苦的处境了。

现在该做什么呢？该背叛其他“男仆们”吗？他坐在那儿，犹豫不决，不知道该怎么做。如果他没有从人性角度考虑希尔太太就好了！他内心对殖民者的仇恨是非常明确的，但是要杀死两个孩子的母亲，这对他来说太痛苦了，他做不到。

他走了出去。

周围一片漆黑，什么也看不清。天上的星星似乎都在焦虑地等待着恩交罗盖做出决定。星星冷冷地凝视着他，好像在给他施加压力，于是他迈开步伐，向希尔太太的家走去。他决定要救她。之后他可能会去森林里。在那里，他将无休无止地和自己的良心作斗争。这么安排还不错，至少这也算是对他背叛那些“男仆们”的一种救赎吧。

时间不多了。现在已经很晚了。“男仆们”随时都有可能过来。于是他跑了起来，目的只有一个——去救那个女人。他听到路上的脚步声。他悄悄地躲进灌木丛里，一动不动。他非常确定，那些人就是“男仆们”。他屏住呼吸等待脚步声渐渐消失。他对自己的背叛心生厌恶。可是，他又怎么能听不见内心深处的另一个声音呢？待脚步声消失之后，他继续向前跑去。必须跑，不然，如果“男仆们”发现他背叛了他们，他也将必死无疑。但他已经顾不了那么多了，他唯一想做的就是尽快把这件事做完。

终于，他大汗淋漓、气喘吁吁地抢先赶到希尔太太的家，他用力敲门，大声喊着：“夫人！夫人！”

希尔太太还没有睡，她坐了起来，脑子里闪过无数个念头。自从那天下午和几位太太交谈了之后，她越来越深感不安。所以当恩交罗盖离开，家里只剩她一个人时，她就从保险柜里拿出了手枪。现在她就在摆弄那把手枪，有所准备总是好的。不幸的是，她丈夫死了，他本应陪在她身边的。

每当想起那段拓荒的日子，她总是忍不住叹气。当年她和丈夫等人一起制服了这个野蛮的国家，开辟出了一大片空置着的土地。正因如此，许多像恩交罗盖这样的人才得以安居乐业，丝毫不用担心部族间发生战争，他们真该好好感谢欧洲人。

但她讨厌那些政客，他们把那些原本驯良勤劳的人败坏了，尤其是在我们善待这些人的时候。她很不喜欢贾斯通一家遭到凶杀。是的！她不喜欢这起凶杀案！在她意识到自己是孤单一人生活时，她觉得还是搬到内罗毕或者基南戈普和朋友们住一段时间更好。但她的“男仆们”该怎么办呢？把他们留在这儿吗？她想不好。于是想到了恩交罗盖，一个古怪的家伙。他有很多妻子吗？有一个很大的家庭吧？她惊讶地发现自己和他生活了这么久却从未想过这些问题。这个想法着实让她吃了一惊。这还是她第一次把恩交罗盖当作一个有家庭的男人来考虑。一直以来她都只把他当作仆人来看待。即使是现在，把恩交罗盖当作一个有家庭的父亲来看，依然是那么荒谬可笑。她叹了口气，心想这个疏忽以后可得纠正过来。

就在这时，她就听到前门传来的敲门声，有人喊着："夫人！夫人！"

那是恩交罗盖的声音，她的男仆。希尔太太的脸上冒出了一串串汗珠，她甚至没听清恩交罗盖在外面喊什么，因为她脑子里满是贾斯通一家被杀的情景。她就要完了，她的生命走到了尽头。看来是恩交罗盖带他们来这里的！她浑身颤抖，虚弱无力。

但突然间，她又找回了勇气。她清楚自己只身一人，她知道他们会破门而入。不！就算死，她也要死得壮烈。她手里牢牢地握着枪，打开门，迅速扣动了扳机。她感到头晕目眩，这是她第一次杀人。她无助地跌倒在地上，大声喊道："来杀了我吧！"她不知道自己亲手杀死了她的救命恩人。

第二天，各大报纸铺天盖地对此事件进行了报道。一个势单力薄的女人和一伙五十人的暴徒顽强对抗，其英勇无法想象。想想吧，希尔太太还击毙了一个暴徒呢！

斯迈尔太太和哈迪太太一个劲地向她表示祝贺。

"我们早就跟你说过，他们都很坏。"

"他们都很坏。"哈迪太太也这么说。希尔太太沉默不语。恩交罗盖当时被打死时的情况使她心生焦虑。她越想越觉得疑惑不解。她一动不动地凝视着空中，随后莫名其妙地缓缓叹了口气。

“我不知道。”她说。

“不知道?”哈迪太太问道。

“嗯，没错，不可思议 ,”斯迈尔太太洋洋得意，“这些人都该受鞭刑!”

“这些人都该受鞭刑!”哈代太太重复道。

回　家

路很长。他每向前迈一步就扬起一团灰尘。灰尘在他身后发怒似的上旋，然后缓缓落下，在空中留下一道细细的印痕，像烟雾一样飘浮着。他一路前行，完全没留意脚下的尘埃和路面。可每走一步都让他愈发强烈地感受到，路面很坚硬，显然对他充满了敌意。倒不是说他一直盯着脚下，相反，他一直朝前张望着，好像随时可以看见一件熟悉的东西，像朋友一样跟他打招呼，告诉他离家不远了。可是这条路依然看不到尽头。

他蹒跚着往前走去，左手在外套边上晃来晃去。这件外套原本是白色的，现在已破破烂烂了。他微微弯曲的背上背着一个小包，右手抓着那根绑着小包的绳子。小包用一块棉布裹着，棉布上本来印有红色的花朵，现在早已褪色。小包随着他的脚步左右摇摆着。这个包承载着这些年来他在隔离营里所有的酸楚和艰难。回家途中，他时不时抬头看看太阳，偶尔也扫一眼路边用树篱围起来的农田，里面种着一些庄稼，看上去病恹恹的，有玉米、青豆和豌豆，不过和所有别的东西一样，看起来并不友好。整个乡村显得沉闷，令人厌烦。这对卡茂来说也不足为奇。他还记得在茅茅起义前，吉库尤这边的田地由于过度耕种一片荒芜，而殖民地那边的农田，一眼望去绿油油的，形成了鲜明对比。

左边有条岔路。卡茂犹豫片刻后决定继续前行。走在这条通往山谷继而通往村庄的小路上，他第一次感觉眼前一亮，终于快到家了。想到这，旅行者脸上那份疲惫不堪和缥缈恍惚的神情暂时不见了。溪谷里的灌木丛和树木十分繁茂，这和周围的村庄形成了鲜明的对比。这只能说明一点，红亚河依然在流淌。他加快了脚步，好像只有亲眼见到那条河才能相信这是真的。没错，那条河就在那儿，仍旧湍流不息。从前他经常在红亚河里洗澡，光着身子一头跃进清凉的河水中，看它顺着岩石蜿蜒流淌，听它轻柔的汩汩声，心里感到安逸、宁静。他突然感到既伤感又兴奋，有那么一瞬间他怀念起了那些日子。卡茂叹了口气，可能红亚河已经不认得眼前这个有着硬朗面孔的人就是当年的那个小男孩了吧？对当年的他来说，红亚河边的世界就是他的一切。他越靠近红亚河，越觉得这条河比自己释放以来遇到的其他任何事物都要亲近得多。

前方有一群女人在打水。他很激动，因为他还能认出一两个人来，有中年的万吉库，她的聋哑儿子在他被捕之前就被安全部队杀死了。她是一个特别和善的人，对每个人都面带微笑，乐意与他人分享食物。她们会接受他吗？会给予他英雄归来般的礼遇吗？应该会的，他想。之前他在这里难道不是最受人喜欢的吗？他难道没有为这片土地战斗过吗？他真想跑过去大声喊道："我在这儿！我回来了！"但他没有这么做，毕竟他是个男人。

"你们过得还好吗？"卡茂问道。只有几个人回应了他。其他的那些女人抬起疲倦而憔悴的面孔，沉默地看着他，好像他的问候无关紧要似的。怎么回事！难道是因为在隔离营里关押得太久了吗？他控制了一下情绪，小声问道："你们不认识我了吗？"她们再次抬起头用冷冷的、坚硬的眼神看着他，像所有其他东西一样，她们好像有意地在回避他不认他。最后还是万吉库认出了他，可她的话语里既没有热情，也没有丝毫的暖意："哦，是你啊，是卡茂吧？我们还以为你……"她没继续说下去。直到现在卡茂才注意到一些别的东西，是惊讶、害怕吗？他说不上来。他见她们向他飞快地投过来一瞥，确信自己已被她们排除在外了。

"可能我不再属于这儿了！"他痛苦地想道。但她们把新村子的一些情况告诉了他，以前那个在山脊上零零星星有几间小屋子的老村已经不复存在了。

他离开她们，感到十分痛苦，受了骗。那个古老的村庄甚至都没有等他回来。突然间，一股强烈的思念涌上心头，他思念他的老家、以前的朋友们和周围的一切，他想起了自己的父亲、母亲，还有……他不敢想到她。尽管如此，穆索妮过去的音容笑貌还是浮现在他的脑海里。他心跳加速。他渴望她，一股暖流让他全身战栗。他加快了脚步。他忘记了河边的那些女人们，因为他现在满脑子都是他的妻子。他只和她一起生活了两个星期，之后就被殖民军队抓走了。像很多人一样，他被草草地搜查了一遍，未经审讯就被关押了起来。那些日子，除了自己的村子和自己漂亮的妻子，他别无所想。

别人跟他一样，他们谈论的无非都是自己的家人。有一天他和另一个从穆兰噶来的关押人并肩干活，突然，那个人，也就是恩乔罗格，停下手中的碎石工作，重重地叹了口气，疲惫的双眼迷茫地看着远方。

卡茂问道："怎么了，伙计？有什么事吗？"

"我妻子，我走的时候她怀着孕，不知道她现在怎么样了。"

另一个被关押的人插话道："我呢，离开时妻子已生了一个孩子。孩子刚生产，我们当时都觉得幸福极了。可就在同一天，我就被抓走了。"

他们就这样天天谈论着。所有人都期盼着有一天他们可以回家，重新生活。

卡茂离开的时候，妻子还没生孩子，他甚至还没有给足聘礼。不过他现在可以去内罗毕找工作，把剩下的聘礼付给穆索妮的父母亲。生活将会彻底掀开新的一页，他们会有一个儿子，在他们自己家里把他养育成人。带着这些期望，他加快了脚步。他想跑，不，是想飞起来，可以赶快回到家。离山顶越来越近了，他多么希望能突然见到兄弟姐妹们。他们会问他很多问题吧？不过无论如何，他也不会全都告诉他们，他不会跟他们说他受了毒打、被搜查，以及在路上干活的事，也不会告诉他们，在采石场劳动时身边总有一个守卫，只要看到他不好好干活就要打他。是的，他忍受了那么多的屈辱，从来没有反抗过。有反抗的必要吗？但他的灵魂和男子气概一直在反抗，伴随着愤怒和痛苦，一直在流血。

总有一天这些白人会离开的！

总有一天他的同胞们会自由！然后——然后，他不知道接下来该做什么。不过他确信不会再有人践踏他男人的尊严了。

他爬上山，停了下来。山下是一大片平原。新的村庄就在前面，在转眼即逝的落日余晖下，一排排矮小的泥屋紧密地蛰伏在平原上。缕缕青烟从一间间小屋中升起，灰色的烟雾在村庄的上空盘旋。远处，如血的残阳发出指状的光线，向外渐显淡薄，与灰暗的烟雾交织混杂，笼罩在远处的山丘上。

来到村子，他从一条街走到一条街，不停地打听，终于找到了自己的家。站在院子门口，卡茂深深地吸了一大口气。终于，他回家了。父亲蜷缩在三条腿的椅子上，老态龙钟。卡茂不禁心生怜悯。但父亲终归还活着，是的，他活着等到了儿子回家。

“父亲！”

老人没有回应，只是目光呆滞地看着他。卡茂等不及了，甚至觉得有点恼火。难道父亲没看到他吗？他也会像之前在河边遇到的女人们一样对待他吗？

街上，一群光着身子或半裸着身子的小孩们在玩耍，互相朝对方扔着土块。太阳已经落山，看起来今晚会有月光。

“父亲，你不记得我了吗？”内心的希望在一点点下沉，他感到疲惫不堪。这时，他看到父亲突然站起身来，像一片树叶一样浑身颤抖着。父亲一脸惊异地盯着他，眼里满是恐惧。母亲出来了，哥哥弟弟们也都来了，围在他身边。年迈的母亲紧紧地抱着他，失声痛哭。

“我就知道我儿子会回来的，我就知道他没有死。”

“什么？谁告诉你我死了？”

“是恩交古的儿子卡朗加告诉我的。”

卡茂顿时明白了，他知道为何父亲会浑身颤抖，为何河边的女人们会那样待他。但有一件事他想不明白：他从没有和卡朗加在一个隔离营里待过，他为什么会跟家里人说他死了呢？不管怎样，他回家了，现在他只想赶快见到穆索妮。为什么穆索妮还不出来呢？他真想大声喊道：“穆索妮，我回来了！我在这儿！”他环视了一下四周。母亲懂他，便飞快地扫了一眼丈夫，说了句：

“穆索妮走了。”

卡茂突然感觉阵阵凉意钻进了腹部。他看着村里的这些小屋和这片沉寂的土地。他有太多的问题想问，但他不敢。他仍然不能相信穆索妮已经离开这个家了。但从河边那些女人们的眼神以及父母的眼神中，他知道穆索妮是真的走了。

“她是我们的好女儿，”他的母亲解释道，“她等了你很久，耐心地承受着所有的不幸。后来卡朗加来了，他说你已经死了。你爸爸相信了他的话，穆索妮也信了，而且痛哭了一个月。卡朗加经常来看我们。他和你同龄，你知道的。后来穆索妮怀孕了。我们本可以留下她的，可是地在哪？哪里有食物呢？自从土地兼并以后，我们最后的一点依靠都被夺走了。我们让卡朗加带她走了。其他的女人更惨，到城里去了。只有年迈体弱的人留下来了。”

他并没有在听，腹部的凉意慢慢转化为痛苦。他恨所有人，包括父母。他们背叛了他，联合起来对付他，而卡朗加一直都跟他作对。不得不承认，五年的时间的确不短，但穆索妮为什么要走？他们为什么同意她走？他想问，没错，向所有这些问题，责问所有——河边的女人们、整个村子以及居住在村里的人们。但他无法这么做。这件事几乎让他痛苦到窒息。

“你们，你们出卖了我？”他低声问道。

“听着，孩子，孩子——”

天上金黄的月亮升起在地平线上。他匆匆离开家，痛苦不堪，茫然不知所从，直到走到红亚河边，卡茂才停了下来。

站在岸边，他看到的不是河水，而是自己满心的希望重重跌碎在了冰冷的地面上。河水湍急地向前流去，传来汩汩的声响。森林里，蟋蟀和其他昆虫不停地叫着。天上的月亮洒下了皎洁的月光。他想脱掉外套，可背上紧紧捆绑着的小包却掉了下来，滚下了河岸，还没等卡茂反应过来，小包很快就被河水冲走了。他先是愣了一下，继而想去找回来。该怎么给妻子交待呢？哦，他怎么这么快就忘了呢？妻子已经走了啊。那些他多年来一直守护着的小东西、那些能让他奇特地想起妻子的小东西，全都不见了！不知怎的，他有种如释重负的感觉。他打消了投河自尽的念头。他慢慢地穿上外套，一边喃喃自语道：“她为什么要一直等我回来呢？为什么这一切都变了还要一直等着我回来呢？”

暗 中 相 会

他站在小屋门口，看到他那年迈体弱的父亲，身子的一侧晃动着一个脏兮兮的印花棉布小包，精神饱满地沿着小村的街道走来。父亲总是带着这个布包。约翰知道里面装着一本《圣经》、一本赞美诗，还有可能一本笔记本和一支钢笔。父亲是个传教士。他知道，在父亲侍奉上帝之后，就不再允许母亲给他讲故事了。母亲已经许久没跟他讲故事了。她会说："好了，别再叫我讲故事了，你爸爸会进来呢。"所以他害怕父亲。约翰走进屋，告诉母亲，父亲马上就到家了。父亲进了屋。约翰站在一旁，接着往门口走去。他充满疑虑地迟疑了一会，于是走了出去。

"约翰，嘿，约翰。"

"爸爸！"

"回来。"

他满心疑虑地站在父亲面前，心跳加速，一个声音在他的脑中焦虑不安地问道："他知道了吗？"

“坐下。你要去哪儿?”

“出去走一走，爸爸。”他闪烁其词。

“去村里?”

“嗯，是，也不是。我是说，也没想特意去哪儿。”约翰见父亲紧紧地盯着自己，似乎要从他脸上判断真假似的。约翰缓缓地叹了口气。他不喜欢父亲这样看他。他总是拿约翰当罪人看，一个需要时时紧盯着的罪人。“我确实是罪人。”约翰内心告诉自己道。约翰愧疚地躲开父亲的目光，哀求般地把目光投向母亲。母亲默默削着土豆，似乎对周围的一切全然不知。

“你为什么眼睛看往别处?你做了什么事?”

出于恐惧约翰心内一紧，但他脸上不动声色。他听到自己咚咚咚的心跳声，就像抽水的发动机。他深信父亲知道了一切。他想：“他为什么要折磨我?他为什么不直接说他知道一切。”而另一个声音却告诉他：“不，他应该不知道，否则他早就扑过来了。”权当自我安慰。他鼓起勇气面对思虑重重的父亲。

“什么时候出发?”

约翰又想：“他为什么要问?我已经告诉他很多次了。”

“下周二。”他说。

“好。那明天我们一起去商店，听到了吗?”

“好的，爸爸。”

“然后好好准备一下。”

“好的，爸爸。”

“你可以走了。”

“谢谢你，爸爸。”他开始往外走。

“约翰！”

“怎么啦？”约翰几乎要停止心跳了。

“你好像很着急。我不想听到你在村子里闲逛。我知道你们这些年轻人，因为要离开这里，所以想去炫耀一下？我不想听到村子里闹出什么乱子来。”

他大大地松了一口气，走出了门。他猜，父亲不想他在村中闹出乱子是什么意思。

“你干吗要这么为难孩子？”苏珊娜终于开口说话了。很明显，她一直仔细地听着父子俩的对话却没发表任何意见。现在轮到她说话了。她看着这个终身伴侣，一个固执的传教士。她早年就嫁给了他，甚至已记不得具体是哪一年了。他们一直过得很幸福。然后丈夫改信了基督教，于是家中所有的事都与宗教相关了。他甚至不让苏珊娜再给孩子讲故事。“给他讲耶稣的故事。耶稣为你而死。耶稣也为我们的儿子而死。他必须知晓上帝。”她也不得已改信了基督教。但是她无法对丈夫施加在孩子（她提到约翰时总用“孩子”来称呼）身上的折磨视而不见，这使孩子在成长过程中非常害怕他的父亲。她总想知道这对于孩子来说是不是爱。抑或这是出于怨恨，因为他俩在婚前就已犯下“罪”了？而约翰就是他俩罪孽的种子。但那不是约翰的错，约翰才需要抱怨呢。她总问自己是否孩子已经知道了……但是不可能啊。他们离开福特霍尔的时候孩子还小。她看着丈夫。他沉默不语，虽然他的左手近乎暴躁地摩挲自己的脸颊。

“他好像不是你儿子似的。或者你认为……”

“哦，姐妹。”他的声音里充满了祈求。她想挑起一场争执，但是他并无此意。实际上，女人也许永远不会懂。无论得救与否，女人就是女人，她们的孩子需要保护，以远离一切邪门歪道。他必须沿着主的道路不断成长。父亲看着苏珊娜，微微皱了皱眉头。她让他犯了罪，但那已是很久之前的事了。况且他已得救赎。约翰不能再走这条老路。

“你应该叫我们离开。你知道我可以走。回到福特霍尔。然后我们每个人……”

“听着，姐妹。”他立刻打断了她。他总是叫她姐妹。主内的姐妹。有些时候他总怀疑他的姐妹是否已真正得救了。他在心中他默默祈祷道：“神啊，请你与我们的姐妹苏珊娜同在吧。”他继而大声说道：“你知道我想让他在主的指引下成长。”

“但你总是折磨他！你叫他害怕！”

“为什么！他不应该怕我。我从没有跟他对着干。”

“是你。你。你总是对他那么刻薄……”她站起来，说道。土豆皮从她的罩袍上掉落下来，在地板上堆了一堆。“史丹利！”

“姐妹。”她激烈的语气让他感到吃惊。他从未见她这样过。主啊，请把她身上的魔鬼带走吧。请你救救她吧。她所说的她自己不知道。史丹利把目光从妻子身上挪开。这令他自己很惊讶，这看起来似乎他很惧怕妻子。如果你把这一情况告诉村里的人，他们是绝不相信的。他拿起《圣经》，开始读经。礼拜日他得跟教会的兄弟姐妹讲道。

苏珊娜，这个身材高挑、瘦削、年轻时明艳动人的女人，再次坐了下来，继续削起了土豆。她不知道儿子遇到了什么困难。是即将到来的旅程吗？她依旧为孩子感到担忧。

屋子外，约翰沿着从他们家出来的这条小路，一路漫无目的地闲逛着。他站在父亲的房子稍远的一棵金合欢树旁审视着整个村子。一排排的泥草小屋呈现在眼前，杂乱不堪地挤在一起，村子的尽头是直指天际、轮廓分明的树枝。炊烟从几个小屋中升起来，看来女人们已经从田里回到家了。夜幕即将降临。西边天空的太阳，这个漫游了一天的孤独旅行者，也急匆匆地要下沉到雾霭弥漫的山后去了。约翰又一次望着马凯诺村一排排拥挤的房子。茅茅起义中迅速滋生起来许多村子，马凯诺就是其中之一。村子看起来丑陋不堪。他的胸中一阵疼痛，真想大声喊道：我恨你，我恨你！你让我活活落入陷阱中。若不是你，这件事就永远不会发生。他并没有声嘶力竭地喊叫，只是静静地望着远方。

一个女人向他站着的地方走了过来。不远处就是通往村子的那条路。她背着一大捆柴火，把背压成阿康巴①弓形。她向约翰问候道：

“你好吗，约翰？”

“我都好，嬷嬷。”他的声音中没有一丝痛苦。约翰天生懂礼貌，每个人都知道。他跟部落里其他受过教育的骄横跋扈的男孩完全不同。那些男孩来自河的那一边，带着说一口英语的白人妻子或者黑人妻子。他们的举止行为与欧洲人无异！约翰受人喜爱，他是谦卑柔和的榜样，是道德的楷模。虽然他是神父的儿子，但是村里的每个人都知道，约翰永远都不会背叛自己的部落。他们时常会谈到部落和部落的传统。

“你什么时候去那个叫——叫——”

“马凯乐乐？”

“马凯雷雷。”她笑道。她说到这个地名时的发音很好玩，她笑起来的样子也很有意思。她很高兴，但约翰内心却很难。这么说每

① 东非的一个部落，以生产铁器及长矛而闻名。

个人都知道这件事了。

“下个星期。”

“祝你一切顺利。”

“谢谢你，嬷嬷。”

她默念着“马凯雷雷”，仿佛想念得更准些。她自顾自笑了笑，但身上的柴火担子太重了，她觉得累了。

“一切平安，孩子。”

“您也保重，嬷嬷。”

这个一直站着和他说话的女人继续往前走了，她像头驴一样喘着气，但显然她对约翰彬彬有礼的态度感到非常满意。

约翰一直凝望着她。是什么让这个女人日复一日地辛勤工作却又依然很快乐呢？她有丰富的信仰生活吗？她相信自己的部落吗？她与像她这样的人从未受白人生活方式的影响，但似乎固守着某些信念。他望着女人渐渐远去的背影，却因为别人赞赏他而感到自傲。他很自傲，因为他得到了他们的尊重。然而，他突然感到一阵悲痛。父亲会知道这件事。村民也会知道这件事的。他不知道他最害怕哪一个：是父亲发现事情的真相后对他所采取的行动呢，还是当淳朴的村民发现真相后失去了对他仅存的一点信任。他害怕失去所有的一切。

他来到当地的一间小茶馆。他遇见了许多人，都祝愿他在大学里一切顺利。大家都知道，传教士的孩子已在肯尼亚完成了白人学校的所有课程，即将启程去乌干达读大学了。他们是从《部落长者》——一份斯瓦希里语周刊上得知这一消息的。约翰在茶馆中并没有停留多久。太阳已经完全消失了踪影，夜幕已全然降临。晚餐已备好。他那严厉的父亲还在桌边读《圣经》。约翰进门时，他并没有抬起头。一阵怪异的寂静弥漫在小屋中。

“你看起来很不开心啊。”母亲打破了沉默。

约翰笑了笑，带着些许紧张。“没有啊，妈妈。”他匆匆回答道，紧张地看了看父亲。他默默地希望瓦姆胡没有向外瞎说八道。

“好吧，那我就放心了。”

母亲并不知道什么。约翰吃过晚饭后就回到了自己的小屋。这是男孩自己的一间屋子。每个年轻男孩都有一间属于自己的屋子。父母不允许约翰带女孩子进屋。史丹利不想找“麻烦”。就算只是看到约翰与女生站在一起，那也是犯罪。父亲会狠揍他一顿。他惧怕父亲，虽然有时候他自己也不知道为什么要怕父亲。他本该像其他受过教育的男孩那样起来反抗父亲的。他点亮了烛台，拿在手上。黄色的烛光摇曳闪烁，便灭了。他知道自己的手在颤抖。他再次点亮了烛台，然后匆匆拿起放在床上的一件外套和一顶大帽子。床很乱，没有整理过。他走的时候没有掐灭蜡烛，这样，父亲看到烛光便以为他就在屋内。约翰恶狠狠地咬了一咬下嘴唇，他恨自己做事像个女孩子一样。对于他这个年龄的男孩来说，这是极不正常的。像个影子似的，他偷偷地穿过院子，来到了通往村子的路上。

他看到年轻的男男女女站在大街上。他们笑啊，闹啊，开心地窃窃私语着。很显然，他们非常地自得其乐。约翰想，他们比我更加自由。他羡慕他们那么自由自在、生机勃勃。很显然，他们才不会被那些受教育的人所要遵从的道德规范所禁锢。他愿意与他们互换人生吗？他不知道。最终他来到了一间小屋前。这间小屋坐落于村子中心。他对这里再熟悉不过了，尽管让他很伤心。他不知道该做什么！在外边等她吗？万一她妈妈出来了该怎么办？他决定进去。

“有人吗？”

“请进。我们在呢。”

约翰脱掉帽子，走了进去。确实他们都在里边，唯独那个他想要找的人不在。壁炉里的火快要熄灭了。只有烛台上的小火苗勉强照着整个小屋。微弱的火苗和在墙上巨大的阴影似乎都在嘲笑他。他默默地祈祷瓦姆胡的父母不会认出他来。他试着蜷缩着身体，故意用假音问候他们。他们认出了他，便开始忙活起来。一个受过教育、知晓白人的世界和所有知识，而且就要去另一片遥远的土地读大学的人来造访，对于他们来讲是绝无仅有的事，绝不可以敷衍了事。谁知道他会不会对他们的女儿感兴趣呢？比这更奇怪的事还发生过呢。毕竟，学识不能代表一切。虽然瓦姆胡没怎么上过学，但是她魅力非凡，能用她的美貌和笑容迷住所有年轻男孩的心。

“你请坐。拿个凳子。”

“不用了！”他痛苦地意识到他没有叫那个女人“嬷嬷”。

“瓦姆胡去哪儿了？”

她的母亲向丈夫看了一眼，一副稳操胜券的神情。他们相互交换了一个心照不宣的表情。约翰又咬了咬嘴唇，恨不得赶紧逃走。他努力控制着自己的情绪。

“她去采茶了。请坐下吧。等她回来，会沏茶给你喝。”

“我恐怕……”他小声咕哝着，走了出去。他差点和瓦姆胡撞个满怀。

小屋里传来这样的对话：

“别说我没告诉过你？要相信女人的眼光！”

“你不懂这些年轻人。”

“可你看，约翰跟他们不一样。每个人都称赞他，况且他是传教士的儿子。”

“是是是！是传教士的儿子！你忘了女儿受过割礼吗？”老头回想起了他年轻时的事。他用部落传统的方式娶了一个道德高尚的女人。她是个处女，从未接触过任何男人。他娶了她。他们生活得很幸福。他这个年纪的男人也是这么做的。在他那个年代，所有的女孩都是处女，即使男孩和女孩睡在一张床上，都不能碰女孩，那是禁忌，那也是那个年代大多数男孩女孩的做法。然后白人来了，他们宣扬一种奇怪的宗教、奇怪的生活方式，所有人都遵从了。部落传统的行事法规打破了。新的信仰让部落中的人无法和谐共处了。怎么会变成这样呢？那些遵从新信仰的人不让女孩接受割礼，也不让自己的儿子娶那些受过割礼的女孩。呸！看看他们都在做些什么呀。他们的男孩都到白人的土地上工作。他们带回来什么？白人女孩。还有满口说着英语的黑人女孩。啊，太糟糕了。留在这的年轻人也觉得无所谓。他们娶未婚女孩，生下孩子，然后抛弃了她们。

“那又怎样呢？”他妻子反驳道，“瓦姆胡难道不是姑娘中最好的那个吗？再说了，约翰可跟别人不一样。"

“不一样！不一样！呸！他们都一样。那些表面上按照白人的方式行事为人的人最不可救药了。他们没有一点内涵。一点一点都没有。”他拿起一根柴棍，惶恐不安地捅了捅将灭的炉火。一阵怪异的麻木感突然袭来。他全身发颤，害怕了起来，为部落的命运深感惧怕。现如今他看到的，不仅仅是受过教育的人开始以奇怪的方式行事为人，连整个部落都是如此。老头的内心颤抖着，哭泣着，为这个即将土崩瓦解的部落而哀号。这个部落已无处可逃，再也回不到从前了。他不再捅炉火，两眼呆呆地盯着地面。

“我想知道他为什么来我家，我想知道，”他看着妻子，问道，

“你见过你女儿有什么奇怪的行为吗?”

妻子没有回答。她一直沉醉于自己美好的幻想中无法自拔。

约翰和瓦姆胡默默地走着。他们对这里错综复杂的街道和转弯都十分熟悉。瓦姆胡踏着轻盈的步子，约翰知道她心情愉悦。而他步履沉重，不想碰见人，尽管天很黑。那他为什么会感到羞愧难当呢?女孩青春靓丽，应该是全利穆鲁最漂亮的女孩。但是他却害怕被人看到与女孩在一起。这不合理。他知道他本可以爱她的，即便是此时，他想知道他是否真心爱过她。也许这真的很难说。但如果他像其他年轻人那样，他就不会这么模棱两可了。

走出了村子，他停住了脚。她也停了下来。他们一路走来都没有说过一句话。也许沉默比语言本身更有力量。两人都深深地感受着对方的存在。

“他们知道吗?”没有回应。瓦姆胡也许在思考这个问题。“别再让我等着。请回答我。”他恳求道。他感到疲惫不堪，极度地疲惫不堪，就像一个突然走到旅程终点的老人。

“不。你跟我说过，让我再给你一个星期的时间。到今天为止已经一个星期了。”

“是的。所以我今天来了!”约翰用嘶哑的嗓音低声说道。

瓦姆胡没说什么。约翰看着她。夜色把两人分隔开了。约翰并没有真正看着她，他眼前浮现的是他父亲——傲慢、虔诚、蛮横强势。他心想："我，约翰，一个传教士的儿子，受众人尊敬并即将奔赴大学，却要一落千丈、一败涂地了。"他不想就此失败。

"都是你的错。"他发现自己在指责她。但内心告诉他，自己在说谎。

"你为什么总是这么说？你不想娶我了吗？"

约翰叹了一口气。他不知如何是好。他记起妈妈给他讲过的一个故事。很久很久以前，有一个年轻的女孩……她无家可归，因为伊利姆[①]挡在路中间而去不了美丽的国度，看到那片土地上美好的事物。

"你什么时候告诉他们？"

"今晚。"

他感到绝望。下个星期他就要启程去读大学了。如果他能说服她再等等，也许他就可以逃离这儿，等风暴和恐慌缓和一些后再回来。不过那时政府也许会收回他的奖学金。他害怕极了，转过头，用一种悲伤的气氛恳求道："听着，瓦姆胡，你已经怀……我的意思是你这样多久了？"

"我跟你说过多少次了，我已经怀孕三个月了，而且我妈已经开始怀疑了。昨天她还跟我说，我喘气的样子像孕妇似的。"

---

① 东非神话故事中的一种怪物。

“你觉得还能再等三个星期吗?”

她笑了笑。啊！小女巫！她了解他的把戏。她的笑声总能勾起他的万千思绪。

“好吧,”他说,“再给我一天。让我好好想一想。明天我会让你知道的。”

“同意。明天。除非你娶我，否则我连一天都等不了了。”

为什么不娶她呢？她这么漂亮！为什么？我到底是爱她还是不爱她呢?

她走了。约翰感觉瓦姆胡似乎有意在敲诈他。他膝盖一软，浑身无力。他再也迈不动脚步，瘫坐在地上。汗水顺着脸颊滚滚而下，仿佛他一直在烈日下长跑一样。但这是冷汗。他瘫在草地上，不愿多想。噢，怎么办？他怎么面对他父亲，怎么面对他母亲？还有对他极其信任的卡斯通牧师。约翰意识到，尽管自己受过教育，他并没有比任何人更有安全感。他比瓦姆胡好不到哪儿去。那为什么不娶瓦姆胡呢？他不知道答案。约翰自小在加尔文教派父亲的庇护下成长，又师从加尔文教派的校长——一位传教士！约翰试着做祷告。但是他要向谁祷告呢？卡斯通牧师的上帝吗？这听起来不对啊。这样做感觉他是在亵渎神明。他应该向部落的神明祷告吗？罪恶感压得他透不过气来。

他醒了过来。他这是在哪里？他慢慢地弄明白了。瓦姆胡宽限了他一天，然后离开了。他站了起来，感觉还行。他跌跌撞撞往家走去。庆幸的是，黑暗笼罩住了整个大地，也把他包裹其中。路过不同的小屋，他能听到欢笑声、热切的谈话声，以及激烈的争吵声。从敞开着的门，可以看到火炉中隐隐闪烁着的火苗。“像村子里的星星”，约翰想道。他抬起双眼。天上的星星清冷又遥远，一副事不关己的神情俯视着他。到处有一群群的男孩和女孩笑着，叫着。对他们来说，生活依旧如常。约翰自我安慰道，他们也终将面临他们的审判日。

约翰浑身颤抖。为什么！为什么他不能实现所有的理想，成就一个美好的未来，迎娶自己心爱的女孩？不不不，这不可能。她接受了割礼，而且他清楚，父亲和教会是不会同意这桩婚姻的。她没什么学识，或者更确切地说，她连小学四年级都没读完。跟她结婚很有可能会毁了他继续上大学的机会。

他试图走得快一点。他的力气恢复了。他的思绪飘上了云霄。他试图在这个受控的世界里为自己的行为找到合理的解释——他已经这样做过很多次了。他不知道他还能做什么。瓦姆胡让他一见倾心，她美丽优雅，笑容迷人。无论是容貌还是教育程度，瓦姆胡都无与伦比。女孩受教育的程度很低。这也许是许多非洲人单身外出、回来时却已婚的原因。他多么希望自己也跟着大家外出了，尤其是上次一大波奔赴美国的学生潮。要是瓦姆胡文化水平高一点……没有受过割礼……他也许早就提出要娶她了。

母亲屋里的灯还亮着。约翰不知道是否应当进去做晚间祷告。但他不想进去，也许是没有勇气面对父母吧。他屋里的烛光已经熄灭了。他希望父亲没有注意到这一点。

约翰早早就醒来了。他很害怕。平日里他并不是很迷信，但他依然很不喜欢昨晚做的梦。他梦到了割礼，按照部落的仪式他成了部落的正式成员。有个人，他看不清他的脸，走过来给他指路，因为这个人十分同情他。他们走啊走啊，走到了一片陌生的土地上。不知怎么地，他发现只剩他一个人了。那个人消失了。一个鬼魂飘了过来。他认出这是他家乡的鬼魂。这个鬼魂向后拉着他。又来了一个鬼魂。这是他到达此地的鬼魂。这个鬼魂向前拉着他。两个鬼魂相互拉扯。之后从四面八方涌来无数个鬼魂，他们一起拉扯着他，他的身体逐渐撕扯成了碎片。这些鬼魂都是那么虚无缥渺。他一个也抓不住。只有他们在撕扯着他，他也渐渐变得化成了无有……他站在远处。他已不是原来的他。他看着那个女孩，那个故事中的女孩。她无处可去。他觉得应该去帮助她，他想帮她指路。可是在他向她走过去时，他迷路了……他又是只身一人了………一种破坏性的力量向他袭来，过来了，过来了……他惊醒了，浑身是汗。

梦到割礼是不吉利的，因为这预示着死亡。约翰笑了笑，想忘掉这个梦。他打开窗，发现整个村子被雾霭笼罩着。在利穆鲁，这是七月里最美的天气。山丘、山脊、山谷和平原都在雾霭中若隐若现。整个地方看起来十分奇特，却有着神奇的吸引力。利穆鲁四季分明，不同时节能引发人们不同的思绪。约翰一度十分迷恋这片土地，渴望触碰这片土地，拥抱它，哪怕只是躺卧在草地上。可有时候，他又对这里的尘土、艳阳和坑坑洼洼的小路感到厌恶。如果让他反感的只是这些尘土、雾霭、艳阳和暴雨，他一定会感到十分满足——满足于在这里生活。至少他只想死在利穆鲁葬在利穆鲁，而不是别的什么地方。但是在这些丑陋的新村庄中，人性中的种种邪恶和对他人的背叛全都显现出来了。昨晚的事像洪流般击荡着他的大脑，使他再次感到虚弱无力。他掀开毯子，走了出去。今天他要和父亲一起去商店购物。他变得焦躁不安。一种奇怪的感觉渐渐涌上心头——事实上这一念头已经形成了，那就是，他和父亲的关系也许是不正常的。他立即打消了这一念头。今晚将是清算日。想到这他打了个寒战。他就要去马凯雷雷大学了，这本来可以拉近他和父亲之间的距离。偏偏在他人生的这个节点上，很遗憾，这道伤疤出现了。

他们一起去了商店。整整一天，他们从一间商店辗转到另一间商店，在瘦削又精明的印度商人那里置办各种物品，约翰一直默不作声。整整一天，约翰一直在思考，他到底为什么这么害怕父亲。

成长过程中他一直害怕父亲，每次父亲一说话或是发布命令，他都会害怕得发抖。怕他父亲的，可不只约翰一人。

史丹利让所有人都害怕。

他讲道时总是激情满怀，向地狱之门发起挑战。即使在紧急事件期间，他仍然坚持讲道，不断地责备、评判和谴责他人。那些没有得救的人注定要下地狱。总而言之，史丹利以其深邃而严格的道德标准而出名——太过严厉，在本质上是伪善。没有人注意到这一点，起码那些由他牧养的信众们肯定没有注意到。年长的人如破坏了其中任意一条教规，很有可能被驱逐，或踢出教会。青年男女如果被人瞧见站在一起，其“方式有损于教会和上帝的道德准则”，也极有可能被开除出教会。所以，许多男孩努力侍奉两个主人，白天去教堂，晚上去见心爱的女孩。而有人选择再也不去教堂了。

史丹利对所有村民就像对待自己的孩子一样。而对属于自己的，就必须严厉。因为这，他想让自己的家人成为村里的楷模。这也是他想让约翰成为一个正直的人的原因。但是诸多人类行为背后的动机都是复杂的。史丹利永远也无法忘记，他婚前也堕落过。在新思想的影响下，部落分崩离析，史丹利就是其中的一个产物。

购物没有花费很长时间。尽管父亲密切注意到了他们之间保持沉默不语，完全不提昨晚发生的事情。回到家，他以为一切风平浪静，这时听到父亲叫他道：

“约翰。”

“什么事，父亲？”

“你昨天晚上为什么没有来祷告？”

“我忘了……”

“你去哪儿了？”

为什么要问我？你有什么权利知道我昨晚去哪儿了？总有一天我会反抗的。但是，约翰立马就意识到他现在根本无力反抗——除非有什么事发生，逼着他去反抗。他不是那样的人，他身上缺了一些反抗的东西。

“我——我——我是说，我昨晚……”

“你不应该睡这么早，得先祷告。今天晚上记得过来。”

“好的。”

男孩的声音与往常有些不一样，父亲抬头看了看他。约翰如释重负地离开了。到目前为止，一切都还顺利。

夜幕降临了。约翰穿着与昨晚一样的衣服蹒跚着走向了那个决定他命运的地方。清算夜已然来临。他并没有想太多。今夜之后，大家都会知道这件事了。即便是卡斯通牧师也会听说这件事情。他还清楚地记得卡斯通牧师，和他对自己说过的最后几句祝福词。不！他并不想记得这些祝福语。这对他没有任何裨益，然而言犹在耳。这些话语清楚地浮现在空中，或是在他头脑的深处。“你将进入到世界中。世界就像一头饿狮埋伏着，等着要吞噬你。所以，要小心这个世界。耶稣说，要紧紧抓住……”约翰感到一阵剧痛——在他想起这些话后侵入他肉体的痛苦。他想到即将到来的跌倒。是的！他，约翰，即将从天堂的大门坠入等待着他的地狱之门。啊！他能想到这一切，也能想像人们会说什么。所有人都会避他不及，所有人都会满怀恶意地睥睨他。约翰的问题是，他的想象力把他从“善良”的跌落放大得不成比例。首先是他对人们言论的恐惧和对这一结果的恐惧，这让他在想到即将到来的跌倒时，恐惧万分。

约翰想到了所有他将要接受的惩罚。想到该怎么逃脱时，他头脑中能想到的只有一些不切实际的逃跑方式。他就是无法做出决定。因为做不了决定，因为惧怕父亲和村里的人，也不知道自己对女孩的真实态度，所以他来到约定好的地点，也就没什么可对女孩说的。无论他做什么，对他来说似乎都是要命的。然后，他突然说道：

“听着，瓦姆胡。我给你钱吧。然后你就说另外一个男人会对此负责。很多女孩都是这么做的。然后那个男人也许会娶你。我是不可能娶你的。你知道的。”

“不。我不能那么做。你怎么能，你……”

“我会给你两百先令。”

“不！”

“三百。”

“不！”她几乎要哭了。他这么做，深深伤害了她。

“四百、五百、六百。”约翰刚开始时还十分冷静，但现在他的嗓门越来越高了。他很激动，也越来越绝望。他不知道自己在说什么。他说得很快，气喘吁吁，好像很着急。数目还在不断上升：九千、一万、两万……他疯了。他唾沫横飞。他快速走向站在黑暗中的女孩。他把手搭在她的肩膀上，用沙哑的声音恳求着女孩。在他的内心深处，父亲和村民对他的愤怒汇聚成了一种可怕的力量，推波助澜地胁迫着他。他疯狂地摇晃着瓦姆胡，但大脑却告诉他，他只是在轻拍瓦姆胡。是的，他已失去了理智，近乎癫狂。数目已达五万先令，还在不断增加。瓦姆胡害怕极了。她摆脱了这个疯狂的、受过教育的传教士的儿子，跑开了。他追上去，抓住了她，用所有的甜言蜜语叫着她。但他还在摇晃着她，他摇着，晃着，不断地摇晃着她，他试图搂住她的脖子，不断地挤压……她发出一声恐怖的尖叫，然后倒在了地上。刹那间，争吵停止了，数目也不动了，约翰站在那里，像暴风中树上的一片叶子，浑身发抖。

很快所有人就会知道了，他创造了一个生命又将其杀死了。

再见，非洲

她在厨房里煮咖啡。她喜欢煮咖啡，即使是白天仆人们都在身边。真正的咖啡味道可以抚慰人心，让她平静。而且，厨房是她的世界。她丈夫从来不去厨房。

丈夫正坐在客厅里，对他来说，厨房里发出的噪声似乎来自另外一个世界。他从带玻璃门的书架上拿起一本书，坐在沙发上，随意地翻开，但并没有读，他只是把书放在身边。

她双手捧着一个木制托盘走了进来。她喜欢木制品的触感。她把托盘放在角落的一张桌子上。然后她安放了两张边桌，一张给她丈夫，另一张给她自己用。她在咖啡前坐下来，面对着他。她见他盯着她身后的某个东西，根本没注意到他的那杯咖啡。她站起来，似乎要走到他那里去，但事实上，她只是捡起了地上的一小片纸屑，又坐了回去。她喜欢房间里干干净净，一尘不染。

“今天晚上，我突然觉得要离开了，心里挺不舒服。”她说道，明知这不是真的。她感到自己说的话无足轻重，便没有继续说下去。

他避开她的目光，这会儿摆弄起了手里的杯子。他想到了所有的事，又什么都没想。他突然感到愤恨：她为什么总要对他评头论足？她为什么不能把对他的无声的谴责说出来呢？

她认为他一定也在为离开此地而伤感。十五年的光阴对于人的一生来说并不短暂，而且上帝啊，我也没让他好过。她心里瞬间充满了怜悯。她做了个可心且充满善意的决定。我要设法去理解他。作为开端，我今晚就向他敞开心扉。她走到他身边，拿左手搭在他的肩上，说道：“上床吧，你一定累坏了，派对上太吵了。”

他放下杯子，拍了拍搭在他肩上的这只手，轻轻地将它拿了下来。“去吧，我一会儿就来。”她听出他的声音中带有一丝不耐烦。他呢，因为手没把稳，跟自己生气了。

我的手已没了那种坚定，他想。是我喝多了吗？不是的，我的手突然变得虚弱无力了，虚弱极了。她在嘲笑我。是我的错吗？什么错？我并没想要这样做。我也不是有意要这么做的。他坚持跟妻子说着话，而这会儿妻子已不在客厅了。“是他把我害成这样的。”他疑惑地低声说道，一边走到墙边矮柜，拿出了仅剩的一瓶威士忌。苏格兰，尊尼获加，一八四〇年产，味道依旧强劲。他微微一笑，给他自己倒了一小杯，一口喝光，又倒了一杯，喝完，拿着酒瓶回到座位上。为什么一件从未发生过的事——或许真实发生过，但这不是出自他的本意，怎么会让他苦恼不堪呢？

一直到他待在非洲的最后几个月，他才想起这件事来。之后他开始把在梦中出现的情景重新过了一遍。随着时光飞逝，梦里的景象变得越来越生动了。起初，那张脸只会在夜里出现。他的那张床对他来说实在令人恐怖。然后突然间，最后这几天里，那张脸开始在光天化日之下出现在他面前。为什么他折磨、杀害的其他茅茅恐怖分子没有出现，而偏偏是他，这个男人！

当然，他知道这个男人和其他人不同。这个男人曾经为他在农田干过活，是个善良、敬畏上帝、谦卑的男孩，是他所属的这类人中的楷模。他喜欢这个男孩，经常给他礼物：旧鞋子、旧衣服之类的东西。他记得，男孩脸上总是表露出感激之情，他一举一动都在表达感激之情，或许有些好笑，但这表明送给他东西是物有所值的。为这里的人做点事，也让本来难以忍受的事情变得可以接受了。在非洲，你会感觉自己在做一些实实在在的事情，能马上获得感谢。不像在欧洲，没人在意你做了什么，即使是伦敦东区的穷人，也不愿抓住给予他们的机会。高福利的国家啊！这些想法让他觉得，这个男孩对他而言不只是个仆人。他觉得自己就像男孩的父亲，对他有一种责任感，男孩是他的。有一年的圣诞节，男孩突然把他送给他的一件长外套和十先令扔还给了他。男孩大笑着离开了，不再为他服务了。很长一段时间，他都无法忘记那笑声。这一点他还可以原谅。但是在妻子听说男孩不见了之后所表现出的悲伤和痛苦，就是另一码事了。就冲这一点，他永远都不会原谅男孩。后来茅茅战争爆发了，作为一名调解官员，他要见到男孩了。

他一直在喝酒，好像是对多年来的节欲和外在名望的一种报复。天花板、地板、椅子都在空中旋转着。如果我出去开车，只开一小会儿，我就会感觉没事了，他这样跟自己提了建议，于是就踉踉跄跄地走了出去，看那个男人还敢带着轻蔑的笑声出现在他面前。

他上了车。车前灯把眼前的黑暗一扫而光。他不知道要去哪里，只想把自己丢在路上。有时他会看到一棵熟悉的树，或是一个标志牌，之后他便熄灭车灯，黑灯瞎火、漫无目的地开车。他就这样，一边打着盹，一会又醒过来，告诉自己要紧握方向盘，急转弯，往山谷开去，居然神奇地避开了从对面驶来的一两辆车。“我在做什么？我疯了。”他低声说道，毫不在意地转向右边，离开大路，恰巧在交叉路口躲过了一辆飞奔而来的火车。他开车穿过草地来到森林；他在颠簸中左右乱撞，擦过树桩，却又一次神奇地躲过了树干。我必须停下来，他想。他要证明自己脑子还能用，于是踩下了刹车，车子立刻停了下来。

他在黑暗中听到了某种仪式的声音。他之前在哪儿读到过，早期的一些欧洲殖民者曾经去找过非洲男巫，想要解除一些诅咒。他认为这样做是有悖理性的。但是他身上所发生的这一切，他所看到的幻象，绝对不符合正常的理性规则。不，他要驱除他的幻觉，就在这儿，在黑暗之中。这个想法极具诱惑力，而且就他目前的情况来说，是不可抗拒的。是非洲让你变成这样的，他一边想着，一边脱光了衣服。他摇摇晃晃地从车里出来，走了一小段路，来到森林深处。黑暗和森林里的嗡嗡声笼罩着他。他害怕了，却依然坚持这么做。接下来该做什么？他对非洲巫术一无所知。在家的时候，他模模糊糊听到过诸如仙子家族、花荻树、被偷的婴孩和水鬼之类的事。他还听过或读过，如果想要伤害某个人，就照这个人的模样做一个蜡像，夜深人静时把针插入蜡像的眼睛。或许他应该这么做。他可以照着那个人的模样做一个蜡像，就是那个曾经为他种田的男孩，然后刺瞎他的眼睛。他想起来了，他没有带蜡，于是一个人在森林里气得上窜下跳。

不，我不能这样做，他想，为这些阴暗的想法感到羞耻。我想知道究竟发生了什么，连我的妻子都要嘲笑我。他回到车上，希望能找到肯尼亚四处都在分裂的原因。他从来没有想过，有一天政府会让一个黑人顶替他，让他退休。这太令人羞耻难当了。而且他妻子居然用那种眼神看着他。现在他满脑子是另一个挥之不去的念头。我要给她写信，给全世界写信。他摸出一个笔记本，开始愤愤地写了起来。灵感使他变得放松，内心也愉快得多了。车里灯光昏暗，但是他并不介意，因为文字、想法全都在脑子里，他剖析着自己的一生，试着作一番审视，与此同时，在她和全世界面前守卫自己，保护好自己。

……我知道你看到我在那张面孔之前浑身颤抖。你不想说点什么，或许是不想伤害我。但是你一直都在嘲笑我，不是吗？不要否认。我从你的眼睛和表情中看得出来。我知道，你觉得我是一个失败者。我没有再升过职。非洲毁了我，但我从来没有得到过机会，真的。哦，不要用你那双蓝色的眼睛看着我，好像我在撒谎一样。也许你会说，男人都有这种趋势。好吧，我忽略了这一点。我们都忽略了这一点。但那是什么趋势？哦，我累了。

他停下笔，把写好的东西反复地读了几遍。他翻到下一页。思如泉涌。他的笔端根本来不及写下他脑中涌出的想法。

……到底出了什么问题？我不停地问自己。我们用我们的资金、我们的学识、我们多年的基督教文明去开放一个黑暗的国家，将它提升到历史舞台上，我们做错了吗？我做了我该做的。提升的速度比较慢，这没有关系吧？人生有起有落，这也没有关系吧？还有很多令人绝望的时刻。我记得我们烧毁的那个小棚屋。甚至在那会，我曾这样问自己：我真的如此堕落了吗？我生命的意义就是烧毁一间又一间小棚屋吗？我的生命难道进入死胡同了吗？我们不能允许野蛮的暴力摧毁这个用数年光阴和众多生命建立起的一切。在我最绝望、最低谷时，我遇见了那个男孩——为我们种田的那个男孩。你还记得他吗？那个轻蔑地拒绝我的礼物并消失的男孩，没准他进了森林？他站在办公室里，脸上带着嘲笑，就像一个魔鬼。他已经没有了为你工作时的那种恭顺、唯命是从的样子。他对我居然有一种奇异的影响力——每当我想起他带给你的伤痛，好吧，我就会怒火中烧，一种史无前例的愤怒，我无法忍受他脸上狰狞的笑容。我站起来，冲他脸上啐唾沫。但是他脸上那傲慢的神情从来没有改变过，他只是用左手背擦了擦脸上的唾沫。真奇怪，我这会儿居然想不起他的名字了，是我从来就不知道他的名字吗？你呢？我只记得他很高，在办公室里，他的眼里满是愤怒。我怕他。你相信吗？我，竟然害怕一个黑人？害怕这个以前为我种田的男孩？之后发生了什么，我不记得了。我也无法解释。我已经不是我自己了，我只能看到那个男人的一张脸。在夜里，在清晨，我看到他那狰狞的笑脸、那份嘲笑和傲慢无比的冷漠。而他什么都不承认。我下达了命令。他被带到了森林里。我再也没有见过他……

他气愤地写着信。那些影像从脑子里流淌出来，互相交织，互相碰撞：好像他活不了几天了，想净化灵魂。就像在绞刑架落下之前，需要对神父忏悔一样。他颤抖着。但他仍像着了魔似的。

……我正在给你写信，我孤身一人待在这片森林里，待在这个世界上。和非洲说再见之后，我想和你一起在英国开始新的生活……

然后他发现自己没有穿衣服，正在瑟瑟发抖。他为自己赤身裸体感到羞愧，于是快速穿上了衣服。但是他无法继续忏悔了。他不敢重读刚写的信，害怕自己改变主意。他现在差不多冷静下来了，但是今晚，他要把自己的生命交给她，却又感到异常兴奋。

她还没有睡。她也下定决心在等他回来，一起度过在非洲的最后一个晚上。躺在床上，她思绪万千，回溯了自己的一生，以及与他之间的关系。最开始在肯尼亚生活的日子里，她也尝试着对他开创文明的热情和雄心壮志保持热忱。她也决心发挥自己的作用，给生命设定一个目标。她参加了几次村里非洲妇女的集会，甚至学习了一些斯瓦希里语。之后她想了解非洲，去触碰它的内核，用手指去感受这片大陆的跳动。在那段日子里，他俩是非常亲密，他们的心是一起跳动的。但是随着岁月的流逝，他渐行渐远。她失去了最初的热情：最早出现的那些闪光的念头，已经褪色，在她眼中变得锈迹斑斑。他们是谁，又想要开化谁？到底什么是文明？他为什么焦虑？只是因为不能像他预期的那样快速地往上爬吗？她对这件生锈的东西有些不耐烦了，因为是它把她丈夫从自己身边带走了，但她又不想打扰他，不想毁掉他的事业。所以她参加了一些聚会，做了一些简短的分享，她想哭。她应该把这些说出来吗？她冥思苦想，在床上辗转反侧，不明白他为什么要这么晚开车出去。她没有去村子里参加集会。她想要一个人待一会儿。她不想去了解非洲了。她为什么要去了解非洲呢？她甚至都没有试着去了解过欧洲，或澳洲这个她出生的地方。不，你永远都不能期望自己去了解一个掌控于自己手心中的大陆，你只能爱它。她想过自己的生活，而不是做别人登顶的垫脚石，这样做，无法过上更充实的生活。

于是她独自走在乡间小路上。她看见孩子们在玩耍，心想要是有一个孩子会怎么样？她什么时候来到这个奇怪的世界呢？她被成片的香蕉树、茂密的树丛和森林惊呆了。在紧急事件之前，你可以放心大胆地去任何地方。

正是在一次独自散步的时候，男孩和她在香蕉田里做爱了。自由感。后来他们之间狂热的爱恋使她渐渐远离了她的丈夫和其他地区官员。

回到家，他发现她还没睡。他向她走去，带着一丝激动的心情。他没有开灯，只是悄无声息地坐在床上。

“你去哪儿了？”

“我开车出去转了一会儿，想最后看看这个老地方。”

“来，躺到床上来，天哪，你身上这么冰！我还在这儿等你给我暖被窝呢。”

“你知道，夜里总是很冷。”

“那就快睡进来吧!”

她觉得自己应该在黑暗中把她情人的事告诉他。她不想看他的脸，怕自己改变了主意。她伸出手抚摸着他的头，想找一个开口的方式。好吧，她的心跳加速。她害怕了吗?

“我想告诉你一些事情，”她把手从他的头上拿开，停了一下，却迟迟说不出话，“你会原谅我吗?”

“当然，无论发生什么我都会原谅你。”他开始不耐烦起来。还有什么能比他写在本子上炽热的内容更严重的呢?他也想告诉她，自己是如何把那个种田男孩的鬼魂从自己生命中驱除出去的。他在等着她快点说完。他想尽快把笔记本给她，然后去浴室，给她时间来看清他赤裸的灵魂。

“我会原谅你的一切。”他用鼓励的语气说道。“说吧。”他对着黑暗的房间温柔地低声说道。

她向他说了种田男孩——她情人的事。

他听着，感觉所有的能量和血液都离开了自己的身体。

他会原谅她吗?她只希望他们能够开始新的生活。她说完了，她的声音渐渐消失在寂静的黑暗中。她听着自己的心跳，等着他说话。

但是他什么都没说。他感觉四肢变麻木了，嘴也迟钝了，他的内心也无精打采了。这个男人，给他种田的男孩。为了寻求一个答案，他起身走到门口。

“亲爱的，求你了！”她哭了出来，这是她第一次因他的沉默而感到一种无边的恐惧。“你别走。那是很久以前的事了，是在紧急事件之前。”

但他继续向前走去，穿过门，走到客厅。他坐到之前一直坐着的沙发上。不由自主地，他开始用手指拨弄之前没有喝完的咖啡。

他所有的道德理想都是服务于英国资本主义，他是一个自负的男人：一向认为自己是个合格的丈夫。他心里没有理由去怀疑她对于他这个男人或她丈夫的忠贞。这个女人，他的妻子，怎么能让自己和那个男人，那个畜生睡在一起呢？她怎么能这样下贱，把他多年来的名誉毁于一旦，如此不堪？

他追逐了太久的梦想。虽然现实残酷，但是他不能没有梦想。在他完成殖民任务和爬向顶层的热望中，他忽视了家庭，于是他的家被另一个人鸠占鹊巢了。也许，这种事情不只发生在他一个人身上。但是坐在屋子中间，面对光秃秃的墙壁，他怎么才能知道这些呢？杯子从他的手中滑落，摔成了碎片。他站起来，在屋里绕圈子，慢慢地，什么都不看，不看过去，也不想未来。然后，他拿出记事本，随意地翻开一页：

在非洲，白人必须接受更严格的关于家庭和社会的道德准则，因为我们必须为我们的非洲人民树立他们必须向往的一种理想。

他合上本子，走进他从未踏入过的厨房。他拿出一根火柴，划亮，看着笔记本燃烧起来。他看着那团火焰，看到了自己的肉体在燃烧，却感觉不到疼痛，什么感觉都没有。那个男人的鬼魂将会一直追随着他。非洲。

第三部

秘密人生

瞬间的荣耀

她叫万吉鲁，但她更喜欢比阿特丽斯这个教名。这个名字听起来要纯洁美丽得多。她长得不丑，但也说不上好看。她那黑黑的身体虽然有血有肉、富有形态，但内心似乎在等待灵魂来填补。她在啤酒店工作。在那里，女人所生的儿子把他们的内心世界都浸泡在啤酒罐和啤酒泡沫中。似乎没有人注意到她。当然也有例外。有时，哪个雇主或者烦躁的客人会大声喊她的名字——比阿特丽斯，其他人就会有意无意地抬起头，几秒钟而已，像是要看看是谁拥有如此美丽的名字。没找到人，他们就继续喝他们的酒，讲他们的黄色笑话，大声说笑，和别的女服务生调情。比阿特丽斯像一只飞行途中受了伤的小鸟：时不时地被迫着陆，踉踉跄跄地从一个地方转移到另一个地方。所以你总能在“阿拉斯加”“伊甸园”“现代”“托姆”或其他利穆鲁的酒馆找到她。有时，因为她不足以吸引顾客来，店主一发怒，就把她解雇了，既不提前通知她，也不给她工资。她就得跌跌撞撞地去找下一家酒吧。有时，她只是厌烦了窝在同一个地方，每天看着同样的场景。有些女孩，毫无疑问比她长得丑多了，下班前居然也有一大堆客人来为她们打争夺战。她们有什么我没有的东西？她会绝望地问自己。她渴望有这么一个酒吧王国，她是其中的规则制定者，前来求情的人拿着啤酒当礼物，他们的脸上挂着令人沮丧的笑容，嘴里骂骂咧咧的，内中暗藏着欲望和爱情的火花，而不是厌恶。

她适时地离开了利穆鲁，试图到周围那些在迅速扩展开来的小镇上去。她在尼加拉里加、卡米里索、里罗尼、铁库努几个小镇上都干过，但是那边的情况如出一辙。噢，是的，有时候她也会有客人，但没有人像她希望的那样喜欢她。没有人非要她服务不可，愿意为了她跟别人争抢。手头拮据的客人不到万不得已时不会去找她。哪怕在五瓶塔斯克啤酒下肚后，那些男人也不会假装对她好。第二天晚上或者领工资的那天，同一个客人会装作不认识她，却会使劲把钱花在别的女孩身上，而这些女孩已经有不止一打客人等着了。

她对此感到怨恨，把每一个女孩都看成是自己的敌人，对她们抱着一种愠怒的态度。特别是尼亚古斯，她就是那根刺，时常在她伤口猛扎。尼亚古斯既傲慢又冷漠，但男人们却常常围着她转。如果她和男人们生气，男人们还会送她一些礼物，以示和解，而她也把这些视为理所当然。尼亚古斯看起来令人生厌，也没耐心，而且很明显她非常瞧不起那些男人。但男人们仍粘着她，好像很享受于一个自主的女性用刻薄的言语、嘟着的嘴唇和冷漠的眼神来折磨自己。尼亚古斯同样是飞行途中的一只鸟，也从来不在一个地方好好待着，但对她而言，她这样做是为了寻求改变和刺激，征服新的面孔和新的场所。比阿特丽斯恨死她了。她是比阿特丽斯想要成为的女孩，既沉溺于酒吧的暴力与性之中，又凌驾于这种地狱般的生活之上。比阿特丽斯走到哪儿，尼亚古斯的影子就跟到哪儿。

她从利穆鲁逃到基里区的伊尔莫罗戈。这里曾经是一个鬼村，但是，尼扬恩多这个传奇般的女人让这里重现生机。每一支流行乐队都在歌颂她。年轻的穆图和穆丘恩瓦边跳舞边歌颂她：

当我从内罗毕来到伊尔莫罗戈，
我未曾预知，
自己会承蒙神童恩泽，
尼扬恩多。

因此，伊尔莫罗戈常被当作希望之镇，疲惫不堪和受尽折磨的人可以在这里安身立命。但尼亚古斯又如影跟随至此。

比阿特丽斯发现，尽管伊尔莫罗戈有传奇，有歌舞，但与利穆鲁没有什么不同。她用过许多计策。衣服？但即便在这儿，她也没能赚到足够的钱来买华丽的衣服。每个月才赚七十五先令，没有食宿补贴，又没有一个会赚钱的男友，生活还能怎么样呢？那时，伊尔莫罗戈小镇上已经有“爱比”增白膏，比阿特丽斯想这就是问题的答案了。在利穆鲁，她看到皮肤比自己还黑的女孩擦上增白膏后，就能在一夜之间从丑陋的魔鬼转变为白皙的明星。男人们会色迷迷地盯着她们看，甚至会极其骄傲地夸耀他们的新女友。比阿特丽斯思考了一会儿，心想男人们真是奇怪的动物。他们强烈地反对“爱比”增白膏、“比通”香膏、“火雪”、“月雪”、假发、直发等，却常常去追逐擦着“爱比”增白膏、头戴欧洲或印度假发的女孩。究竟对黑皮肤自我厌恶的根源是什么，比阿特丽斯从来没有想过。她只是接受这种矛盾，给自己涂上厚厚的“爱比”增白膏。她必须抹掉这份黑皮肤带来的耻辱。但即使是“爱比”增白膏，她也没有钱买足够多，只能在脸和胳膊上涂一些，腿和脖子却依旧是黑的。而且，她脸上的有些部位也不能完全如她所愿——比如耳后和睫毛上方，对涂了增白膏的比阿特丽斯来说，这也时不时给她带来耻辱和愤怒。

在她拥有瞬间的荣耀之前，她会一直铭记“爱比”增白膏给她带来的奇耻大辱。她在伊尔莫罗戈星光酒吧和旅馆工作。尼亚古斯戴着手镯和大耳环站在柜台后面上班。老板是一个善良的基督徒，定期去教堂，给募捐会捐款。他有啤酒肚，头发灰白，说话轻声细语，是个顾家的好男人，这在伊尔莫罗戈人尽皆知。他辛勤工作，直到打烊才离开酒吧，或者更确切地说，一直要等尼亚古斯下班才离开。他从不关注其他女孩，只在尼亚古斯身边转悠，暗中递给她一些衣服之类的礼物，却从没得到过回礼。他得到的只有承诺，他也只能把希望寄托在明天。他付给其他女孩是每月八先令，而尼亚古斯却拥有自己的房间，她想什么时候起床就什么时候起床。但是比阿特丽斯和其他女孩必须五点左右就起床，为房客提供早茶、打扫酒吧、清洗杯盘。之后，她们会在酒吧里轮流值班，一直到下午两点，她们才能休息。五点，她们就又要工作了，随时准备迎接客人，面带微笑，为客人提供啤酒，十二点之前，只要有客人还想喝比尔森啤酒或塔斯克啤酒，她们就得留下来为他们服务。经常让比阿特丽斯感到生气的是——对她来说或许都一样，老板坚持让女孩们睡在星光酒吧。他说，这样她们就不会迟到了。但他真正的目的是想让这些女孩用身体去吸引更多的房客。大多数女孩违反了这一规定，尼亚古斯是头一个，她们贿赂看守人，让她们能够自由出入。她们想与固定的对象或一夜情人约会，那时她们无拘无束，不再是酒吧女招待。比阿特丽斯经常睡过头。她偶尔也有一夜情主顾，他们总想花最少的钱待上一整夜。一天晚上，老板在被尼亚古斯拒绝后，便来接近比阿特丽斯。一开始，他先是对她的活挑刺儿，他骂她，接着又突然夸奖她，语气勉强，甚至还带着轻蔑。他抓住她，和她纠缠在一起，啤酒肚、灰白头发，等等。比阿特丽斯对他产生了从未有过的反感。她不能也不想接受被尼亚古斯扔掉的东西。上帝啊，她在心里默默流泪，尼亚古斯有什么我没有的东西？这会儿，这个男人在她面前作践自己，恳求她，承诺给她礼物，但她就是不愿让步。那个晚上她也违反了规定。她从窗户跳出去，在另一家酒吧找到一张床，直到早上六点才回来。老板当着所有人的面把她叫过来，辞退了她。但比阿特丽斯更为自己的行为感到吃惊。

她清闲了一个月。其他女孩时不时地接济她一下，因此她有时睡在这个房间，有时又换到另一个房间。她没有勇气离开伊尔莫罗戈，去一个新的小镇重新生活。伤口发疼，她厌倦了漂泊。她不再用“爱比”增白膏了。她身无分文。她看着镜子中的自己，她已老了很多，离她堕落还不到一年。她问自己为什么如此多虑。莫名地，她惧怕找情人或者干脆用自己的身体换取金钱。她想要的是一份体面的工作以及一个或几个男人的关爱。也许她想要一个男人、一个家和一个孩子伴她入眠。也许正是这真诚的想法吓跑了那些来酒吧找女孩的男人，他们才没想从酒吧女招待身上寻求这些呢。她哭到深夜，想起了自己的家乡。此时此刻，她母亲的家乡尼耶里似乎是世上最温暖的地方。她愿意用无数和平与安详的浪漫幻想来美化她父母的农民生活。她渴望回家见到他们。但是她怎么能空手回家呢？不管怎样，那都是她记忆深处一个遥不可及的地方了。她的生活在酒吧，在迷失了的陌生人中间，远离优雅，远离高贵。她这代人再也不会与泥土、庄稼、风和月亮相伴，不会在黑漆漆的树篱旁讲情话，也不会在皎洁的月光下跳舞、做爱，看着“图姆图姆”渐渐上升，触碰天际。她记得，家乡有个女孩，尽管一直被利穆鲁一个又一个的富人包养，过着外表光鲜的生活，最后却开煤气自杀了。这代人对死亡的奥秘毫无敬意，对生命的奥秘也无动于衷。有多少未婚妈妈把她们的孩子扔在公共厕所，而不是选择忍辱负重地生活？这个女孩的死到头来还成了笑柄。她开煤气自杀了——没有痛苦，他们说。在那之后一星期里，比阿特丽斯也想过开煤气自杀，但她下不了手。

她想要爱情，也想要生活。

伊尔莫罗戈新开了一家酒吧，名叫树顶酒吧、旅店和餐厅。为什么叫树顶，比阿特丽斯一直没有想明白。也许是因为这是一个楼房：底层是茶馆，顶层设有一个专门的房间，做酒馆。剩下的房间是留给有五分钟需求或一夜情的房客的。老板是一个退休的公务员，但仍参与政治。他十分富有，在肯尼亚每一个大城镇都有商铺和公司。全国各地的显贵都来他的酒吧，有的坐奔驰，有的坐宾利，有的坐捷豹和戴姆勒。穿着制服的司机在车中等候，昏昏欲睡，还有些不耐烦。也有些不是特别大牌的人，他们是来拜见大人物的。他们大多数时候都在谈政治，有时候也谈工作。这里充斥着流言蜚语。你知道吗？某某确实升职了。真的吗？某某被解雇了。某某挪用公款了。太愚蠢了。一点也不聪明。他们互相争辩、吵架，有时拳脚相加，这在选举活动期间尤为常见。但是他们一致同意，在肯尼亚，罗奥团体是所有麻烦的根源；知识分子和大学生都居住在象牙塔里，他们拥有特权，傲慢无礼；基安布市占据了绝大部分发展资金；尼耶里和穆兰卡的人收购了内罗毕所有大企业，甚至不放过基里区；非洲劳动者，特别是在农场里干活的人，他们很懒，并且嫉妒"我们"这种用辛勤劳动换来一夜暴富的人。即便如此，他们也会赞美自己，或者用同样的赞美之词回赠对方。喝到酣畅淋漓时，偶尔会有人点两桶啤酒分给在场的每一个人。甚至那些伊尔莫罗戈的穷人也会来树顶，等着暴发户请客。

比阿特丽斯在这里找到了一份打扫卫生和整理床铺的工作。几个星期后，她发现自己和那些大人物之间的距离变近了。以前只是有所耳闻的人，现在她为他们整理床铺。她目睹穷人如何拼尽全力喝酒，在大人物面前夸夸其谈。不久，先前的命运又一次降临了。女孩们从其他酒吧蜂拥而至，有她在利穆鲁认识的，也有在伊尔莫罗戈认识的。她们当中大多数都傍上了一个甚至多个大人物，她们经常和一大帮情人玩捉迷藏的游戏。尼亚古斯的工作依然是站在柜台后面。不管是穷人还是富人，他们都盯着她看。而她呢，闪烁着大眼睛，戴着手镯和耳环，保持着冷漠且不耐烦的姿态。身为清洁工，比阿特丽斯变得更不起眼了，那些交了好运的女孩都看不起她。

她怀揣着梦想与生活作斗争。她一次次地给床换上干净的床单，床单见证着一场场五分钟的纠缠，每次都以一声喘息和一摊液体告终。在换床单的间隙，她站在窗口，看着外面的豪车和司机，根据车牌和司机的制服，很快就记住了所有的车主。她幻想着她的情人，开着豪华的双人座奔驰跑车来找她。她似乎看见自己和这样一个情人手牵着手，走在内罗毕和蒙巴萨的大街上，高跟鞋踩着小碎步，敲击在街道的地面上。她会突然在玻璃橱窗前驻足，惊呼道："哦，亲爱的，你能给我买那……"他可能会问："那什么呀？"语气中透着宠爱和一丝愠怒。"那双长袜，亲爱的。"拥有很多防抽丝的无孔长袜，她才认为是幸福的。她再也不想缝补破袜子了，永远。你明白吗？永远。然后，她会拥有不同颜色的假发，金色的、棕色的、红色的、非洲式的，全世界各种各样的假发，她都有。等到那时候，全世界只会为比阿特丽斯一个人唱赞美之歌。每每想到这些，她就感到兴奋，感到自己已从痛苦中解脱，她不再是一个只为别人短暂的五分钟激情而扫扫地、换换床单的清洁工了，她是万古·马克里的后裔，她沐浴在月光下的裸体，令男人带着无限的向往颤抖不已；她还是现代伊尔莫罗戈镇创立者尼扬恩多的女儿，伊尔莫罗戈镇上的人常常在歌里传唱，尼扬恩多把她的好几个情人折腾得精疲力竭。

然后，她注意到了他，一个违背她梦中情人标准的人。他是在一个周六下午过来的，开着一辆五吨载重的货车。他小心翼翼地把货车停在奔驰、捷豹和戴姆勒的旁边，没有把它看作货车，而是那些线条柔美、金光闪闪的豪车中的一分子，他看起来对自己的货车倍感骄傲。他穿着一件宽松的灰色正装，外面是一件厚厚的卡其色军用外套。他脱下外套，小心地叠好，放在车前排的座位上。他把所有车门都锁上，拍一拍身上的灰，然后绕车走一圈，好像在检查车有没有擦破和损坏。进酒吧之前，他又回头瞅了一眼他那辆庞大的货车。他坐在酒吧的一个角落里，轻蔑地大声要了一瓶肯尼亚啤酒。他津津有味地喝着啤酒，同时环顾四周，想找一张熟悉的面孔。他真的认出了一位大人物，立刻给他点了一瓶“威使69”，对方只是点了点头，给了个盛气凌人的微笑，接受了他的酒。慷慨过后他想与那位大人物攀谈，却被完全忽视了。他僵硬地坐在那儿，喝着自己的啤酒。过了一会儿，他又试了一次，对方皱起了眉。他想融入他们讲的笑话，但他笑得太大声，以至于那些大人物都闭口不再讲了，把他一个人晾在那儿。傍晚时分，他起身，数了几张崭新的一百先令的纸币，递给柜台后面的尼亚古斯。人们有的窃窃私语，有的喃喃低语，有几个人笑出了声，似在嘲笑，同时也感到吃惊。但这一举动没有让他立刻获得认可。他摇摇晃晃地走到自己订的七号房间。比阿特丽斯把钥匙给他，他瞥了她一眼，便再也没有兴趣了。

那天之后，他每周六都来。五点，大人物一般都来了。除了给钱，他重复着同样的事，却总是碰壁。他总是坐在那个角落，也总是订七号房间。渐渐地，比阿特丽斯开始期待他的到来，并为他准备房间，尽管比阿特丽斯自己没有意识到这一点。在被大人物无情羞辱后，他会留下比阿特丽斯，和她聊天，或只是当着她的面自言自语。他一生都在挣扎。他从未上过学，但受教育一直是他的梦想，可惜没有机会。他的父亲是裂谷区欧洲殖民地的棚户居民，这在殖民时期意味深远。这意味着，他和他孩子的未来注定要为白人鬼子和他们的孩子辛苦劳作。他曾参加过争取自由的运动，和其他人一样遭到拘留。当他从拘留所里出来时，他和刚出生时一样一无所有。他没有受过足够的教育，无法出人头地。起初他是个烧炭工，之后做了屠夫，后来他通过自己的努力成了一名运输工，把裂谷区和基里区的蔬菜和土豆运往内罗毕。他为自己取得的成就而自豪。有些人通过贷款和资助教育得到了如今的财富，他憎恨这些人，因为他们不认同他这种人。他会抱怨这些事，想着自己没受的教育，决心要给孩子提供更好的机会。接着，他会仔细地数钱，把它们放在枕头下面，然后让比阿特丽斯离开。有时，他会给她买啤酒，但显然他对女人很警惕，认为她们只会榨取男人的钱，所以他至今未婚。

一天晚上，他和比阿特丽斯睡在一起。早晨，他抽出二十先令给她。她接过钱，莫名地感到愧疚。一连几个星期，他都这样做。她不在乎钱。虽然钱是有用的，但他花钱买她的身体，就像买一袋土豆或卷心菜。花一英镑，他可以把她当作一个倾听者，尽情地抱怨前面提到的种种不满，还可以一夜情，释放内心的重担。比阿特丽斯厌倦了他的自尊心，厌倦了他一成不变的故事，但她感觉在他内心深处，似乎有一种东西一直被压抑着，像一团火、一粒种子、一朵花。在他身上，她看到的是一个与她相似的受害者，她期待着他的到来。她也渴望向一个懂她的人吐露心声。

一个周六晚上，在他讲述自己艰难的奋斗经历时，她突然打断了他。她不知道自己为什么这样做，也许是因为外面下雨了，雨滴轻敲着瓦楞铁皮，温暖而又冷漠，让人昏昏欲睡。他愿意听，也不得不听。她来自尼耶里镇的卡拉蒂纳，她的两个哥哥被英国士兵枪杀了，还有一个哥哥死在狱中，她成了家里唯一的孩子。她的父母很穷，但他们在一小片贫瘠的土地上辛勤劳作，努力为她凑出上小学的学费。六年级之前，她都努力学习。读七年级时，她肯定有点懈怠了。最后，她没能通过考试。当然，她知道，很多和她分数差不多的学生去了很好的公立中学，她还知道一些分数比她差的学生，靠家里的关系去了重点中学。但她没被任何一所正常收费的学校录取。她父母付不起社区学校的学费，她也不想复读，所以就留在家里。有时，她帮父母干农活、做家务，但想想：过去整整六年，她过着和父母截然不同的生活。农村的生活很无聊，所以她常去卡拉蒂纳乃至尼耶里找工作。每家公司都会问她同样的问题：你想干什么工作？你都会做什么？你会打字吗？你会速记吗？她很绝望。她坐在尼耶里的一家店里一边流泪，一边喝芬达。就是在那儿，她遇到了一个穿着黑色西装、戴着太阳镜的年轻男人。他看出她处境不妙，就上去和她聊天。他来自内罗毕。找工作？那很容易，在大城市找工作一点儿也不难，他说他一定可以帮上忙。交通？他有车——一辆奶白色雪铁龙。天啊，那是一段美好的旅程，黎明即将来临。他载着她，把她带到露台酒吧，他们一边喝着啤酒，一边谈论内罗毕。透过窗户，她看到整个城市被霓虹灯照亮，她知道这里就是她的希望。那晚，她把自己献给了他，光明的未来让她欣喜不已。她睡得很沉。早晨醒来时，开奶白色雪铁龙的男人不见了，她以后也没再见过他。她就这样开启了她的女招待生涯。她已经一年半没见过她的父母了。讲到这里，比阿特丽斯哭了起来，自怜自哀，越哭越伤心。耻辱和无休止的东躲西藏让她记忆犹新，她从未真正融入这种酒吧文化，总是期待事情会有所转机。但是，她被困住了，虽然还没有学会所有的法则，但这是她现在唯一了解的生活。她又一次抽泣起来，眼泪成串地滚落。突然她僵住了，抽泣声在空中戛然而止。这个男人早已沉沉睡去，发出阵阵鼾声。

她感到莫名的空虚，内心巨大的痛苦简直要将她撕裂。对于自己再次失败的经历，她想大哭一场。她遇到过好几个男人，他们对她残忍，嘲笑她顾虑太多，在他们眼里，她只是在装无辜。这些她都忍了。但是，上帝啊，这次不能忍。这个男人不是她的同类吗？一个个周六，他不是向她吐露了心声吗？他为她的服务买单，早晨还用现金和塔斯克啤酒来补偿她。她内心的折磨竟成了他的催眠曲！她突然感觉体内有什么东西断了。这一年半来所有的愤怒、耻辱带来的所有痛苦，现在都指向了这个男人。

之后她做了一件事，熟练得像个老手。

她碰了一下他的眼睛，他睡得很香。她把他的头抬起，又放下。她不再流泪，眼神冰冷却坚定。她在他的枕头底下摸索了一阵，抽出那一沓钱。她数了数，有五张崭新的粉色票子。她把钱塞进内衣。

她从七号房间走了出来。外面仍下着雨，她不想去她经常去的那个地方。她现在无法忍受那个狭小得像碗橱间似的房间，或者室友的喋喋不休。她穿过泥泞，淋着雨，不知不觉来到尼亚古斯的房门前。她敲了敲门，没人回答。透过雨声，她能听到尼亚古斯从瞌睡中醒来的声音。

“谁啊?”

“是我，开开门。”

“谁?”

“比阿特丽斯。”

“这么晚有什么事?”

灯亮了，门栓松开了，门开了。比阿特丽斯走进去，和尼亚古斯面对面站着。尼亚古斯穿着透明的睡衣，肩上披着绿色的套衫。

“比阿特丽斯，出什么事了？”她终于问道，语带关切。

“我能在你这儿待一会儿吗?我累了，想和你谈谈。”比阿特丽斯的声音坚定有力。

“到底发生了什么事?”

“尼亚古斯，我只想问你个问题。”

她俩依然站着，然后，一句话也没说，各自坐到床上。

“尼亚古斯，你为什么要离开家?”比阿特丽斯问。

尼亚古斯沉默了一会儿，好像在思考这个问题，比阿特丽斯等着她回答。尼亚古斯终于开口时，声音有些颤抖。

“说来话长，比阿特丽斯。我的父母非常富有，都是善良的基督徒，我们过着循规蹈矩的日子，从不与异教徒来往，不参与异教的习俗，例如舞蹈和割礼仪式。还有，怎样吃饭、何时吃饭都有规定，你必须像个女基督徒那样走路，不能和男孩待在一起。这个规定，那个规定，到处都是规定。有一天放学后，我没有回家，和另一个与我情况差不多的女孩一起，逃到了伊斯特利，在之后的四年里，我再没回过家。就这样。”

又是一阵沉默，她们互相看着对方，产生了共鸣。

“尼亚古斯，还有一个问题，你不需要回答。但我一直认为你很讨厌我，看不起我。”

“不，不是这样的，比阿特丽斯。我从没讨厌过你，从没讨厌过任何人。只是任何事都提不起我的兴趣，就算男人也不能让我心动。但是，我需要瞬间的刺激，需要那些虚伪奉承的眼神，这样我才能感受到自我的存在。但是你，你看起来要好多了，你内心有一种我不曾拥有的东西。”

比阿特丽斯强忍着泪水。

第二天一早，她坐上了开往内罗毕的大巴。她沿着集市大街走，边走边看街边的店铺。接着她从政府路向右拐，来到肯雅塔大道和基马蒂大街。她走进侯赛因苏莱曼大街附近的一间商店，买了几双长袜，马上穿上一双。接着她给自己买了一条新裙子，也换上了。在巴塔鞋店，她买了一双高跟鞋。她穿上新鞋，把原来的旧平底鞋扔了。到阿坎巴报摊时，她又给自己配了一对耳环。她到镜子前看着全新的自己。突然她感到非常饿，仿佛饿了一辈子。她在莫蒂酒店前徘徊。然后她继续往前走，最后走进了弗兰斯酒店。她的眼里闪着光，男人们都把目光转向她，这让她很惊讶。她在角落里找了张桌子坐下，点了份印度咖喱。一个男人起身坐到她对面。她看着他，眼神里流露出愉悦之情。他穿着黑色西装，眼里全是欲望。他给她买了一杯酒，想和她交谈，但是，她静静地吃饭，不说一句话。他把手伸到桌子下面，碰到她的膝盖，她没有反对。他的手向上，向上，一直摸索到她的大腿根部。她突然起身向外走，留下没吃完的食物和一口没碰的酒杯。这种感觉很好。他追了出来，她不回头看也知道。他和她并排走了一段。她笑笑，却不看他。他没了信心。他被落下了，窘迫地看着基诺外面的玻璃橱窗。在回伊尔莫罗戈的大巴上，男人们都给她让座，她理所当然地接受了。到了树顶酒吧，她径直走向柜台，平时那些大人物都在那儿，她一进门，他们的谈话戛然而止，都好色地盯着她。女孩们也打量着她，甚至连尼亚古斯也不再冷漠地无视她，比阿特丽斯给他们买了酒。老板走过来，不太相信那是她。他试着和她谈话。她为什么离职呢？她去哪里了？她还愿不愿意在这儿工作，和尼亚古斯一起站在柜台后？或者偶尔过来上班？一个女招待帮她带来一张纸条，原来是几个大人物在问她，是否愿意去他们那桌坐坐。别的桌也写纸条过来，都在问同一个问题：她今天晚上有空吗？甚至还有人邀请她去内罗毕旅行。她没有离开过柜台，但她理所当然地接受了他们给她送来的酒，她感觉到了一种新生的力量，甚至是自信。

她拿出一先令放入投币口。点唱机里开始播放罗宾逊·姆旺吉的歌，歌里唱的是在农场工作的受蔑视的女孩，拿她们和城市女孩做对比。接着她点了一首卡马洛的歌和一首 D.K. 的歌。男人们都想和她跳舞，她不予理睬，但享受于他们围着她转。伴随着另一首 D.K. 的歌，她扭起了屁股。她的身体无拘无束，她身心自由，完全沉浸在激动而又紧张的氛围中。

六点左右，那个开着五吨载重货车的男人突然冲进来。他穿着军用外套，身后站着一个警察。他环顾四周，所有人都盯着他。但是比阿特丽斯继续扭着屁股。一开始，在一群为比阿特丽斯喝彩的女孩中，他没能认出比阿特丽斯。接着，他得胜般地喊了起来："就是那个女孩！小偷！她是小偷！"

人群散开，人们各自回到座位上。警察走过去，给她铐上了手铐，她没有反抗。她走到门口时，转过头给了那个男人一巴掌，之后跟着警察走了出去。

一阵短暂的沉默后，有人开了个关于桃色抢劫的玩笑，酒吧里爆发出一阵大笑。人们谈论着她，一些人说应该打她一顿，另一些人轻蔑地聊着"这些酒吧女孩"。还有些人一边难以置信地摇头，一边说犯罪率逐年升高。《绞刑法案》难道不该适用于所有盗窃罪吗？开着五吨载重货车的男人不知不觉成了一名英雄，大家都围着他提问，让他讲述事件的全过程。有些人请他喝酒。更有甚者，大家全神贯注地静静聆听，时不时地爆发出赞许的笑声。小偷的被捕暂时把他们团结成了一个大家庭。而那个男人津津有味地讲着故事，头一次得到了大家的认可。

柜台后面，尼亚古斯却在默默哭泣。

十字架前的婚礼

所有人见到这对夫妇都忍不住赞叹：多么幸福美满的家庭啊。他，一名成功的木材商人；她，一名顺从上帝、丈夫和家庭的妻子。在爱与忠诚的结合下，瓦里尤奇和米丽娅姆是所有夫妇最耀眼的榜样：瓦里尤奇高大、正直，有些刻板，却十分富裕；而米丽娅姆小巧、安静，在她巨人般的丈夫身后，不起眼得就像他的影子。

瓦里尤奇娶米丽娅姆时身无分文，更没有应急的存款，毕竟他只是个殖民者农场上的牛奶销售员，一个月赚三十先令——诚然，这在当时是笔巨款，但是每个月的大多数薪水他都用来买酒喝了。彼时他还年轻，不怎么在乎，不受物质财富、权力等梦想的烦扰。当然，他也会和其他工人一起进行集体抗议、提要求，甚至为他们撰写抗议信。由于被看成危险的破坏分子，他还一度被一两个农场开除过。不过，他的心思其实在别的地方，在他最喜欢的运动和表演上。他喜欢自豪地骑着他的罗利牌自行车到处逛，用口哨吹着他记忆中老唱片的片段，或是用约德尔唱法模仿吉姆·罗杰斯，时不时地在莫洛村展示一下他的高超车技。他能单脚站在自行车上，用左腿平衡，伸展双手做出好似要飞翔的动作；或是在孩子们面前倒着踏车，逗他们一笑。他的自行车很旧，却涂着显眼的红、绿、蓝色，还在车后座的告示牌上潦草地写着："超越我，死路一条。"除了爱在自行车上变戏法，他还有其他角色。看，这个演员正在模仿他的白人老板，嘲笑他们说话和走路的姿势、对待黑人工人的举止和态度。即使是从白人那里寻求好处的非洲人，瓦里尤奇也不放过。他还是个优秀的舞者，会随音乐变换舞步，在跳穆沃姆博科舞步时，故意将左侧裤管沿着裤缝撕开到膝盖一英寸以上，这招总能让他收获姑娘们赞赏的目光和声声赞叹。

他就是这样俘获了米丽娅姆的心。

每周日下午，米丽娅姆一有机会就会去集市广场，热切地加入瓦里尤奇先生的崇拜者队伍。她的心会随着他的成功和侥幸脱险而起伏，有时候只是伴随他的节奏跳动。米丽娅姆的家境远比大多数裂谷区的棚户富裕。她的父亲道格拉斯·琼斯在镇上拥有几间杂货店和茶馆。道格拉斯和他的妻子敬畏上帝：他们每周日都去教堂，每个早上的第一件事、每晚入睡前的最后一件事，以及每餐前，全是祷告。周围的白人农场主也都很尊敬他们；地区长官也时常顺路拜访他们。这是个善良的基督徒家庭，因此他们反对女儿婚后陷入罪恶、悲惨与贫穷：她到底看上那小子哪里了？他们不准她参加无所事事的异教徒周日搞的偶像崇拜活动。尽管米丽娅姆从小就被教导，要在周日布道时保持安静——“你们作儿女的，要凡事听从父母”[①]，要遵循克莱夫·朔姆贝格神父在其经典著作《非洲人应遵循的英国礼仪》里规定的内容，她却有着一颗独立的灵魂。如今，瓦里尤奇和他的罗利牌自行车、他售奶时哼的小调、他宽大的裤筒以及他自由舞动的身体，都汇聚成一束光，将她从道格拉斯·琼斯的乏味世界召唤到远方霓虹闪烁的城市中。她内心也曾对这一强烈的光芒有过怀疑，甚至对他那脏兮兮又打了补丁的裤子有些反感。然而，她依然追随他，为自己的坚定感到吃惊。道格拉斯·琼斯的态度缓和了些：他爱自己的女儿，只想把最好的给她。他不想让她嫁给那些没用的、低学历的暴发户，他们把欧洲农场有条不紊的生活、一切平静和繁荣都扰乱了。这样的人，就像布瓦纳区的长官经常告诉他的，只会以入狱收场：他们受贪婪驱使，拿白人殖民者和传教士所谓的罪恶来欺骗老实人和没有文化的工人。瓦里尤奇从哪方面看都是这样的危险分子。

他把瓦里尤奇——“我们未来的女婿”，叫到眼前。他想看看这个年轻人有多少真材实料。而瓦里尤奇也放低了姿态，因为他和大多数工人一样，对信仰基督教的富人阶层有所敬畏。他仔细地缝

① 引自《圣经·新约·歌罗西书》3：20。

补好左侧的裤管，梳整齐头发，来到道格拉斯面前。道格拉斯夫妇让他站在门口，没有给他椅子，对他上上下下一番审视。瓦里尤奇不知所措，看看米丽娅姆，又看看墙，希望得到解救。他最终有椅子坐了，但还是不敢看米丽娅姆的父母和被请来审判他的显贵，而是直勾勾地盯着墙。他知道，他们正毫不掩饰地凝视和谴责自己。然而，道格拉斯·琼斯可是基督教仁慈的典范："这杯茶给我们的……嗯……我们的儿子……这位年轻人。什么工作？牛奶销售员？啊，这个……没有人生来就很有钱。钱是靠赚的，你知道，你还这么年轻……工资？三十先令一个月？嗯，有些人的情况比你更糟糕、起点更低，不过也一路爬上来了。真正的财富来自我们至高无上的上帝，你知道。"瓦里尤奇非常感激老道格拉斯说这些话，甚至鼓起勇气朝他笑了笑。他从这双眼睛里看到的东西却让他迅速转向墙壁，静待最终的处决。处决的方式不算残忍，但这把冰冷的钢刀挥得干净利落。为什么瓦里尤奇年纪轻轻就想结婚？好吧，好吧，如你所愿，现在的年轻人和我们那个时代相去甚远。我们又凭什么教年轻人怎么做呢？我们不反对你们结婚，但是，我们作为基督徒是有责任的。我再说一次，我们不反对这桩婚事。但是，婚礼必须在十字架前举行。瓦里尤奇，一场教堂婚礼是要花钱的。养老婆也是要花钱的。难道不是吗？你点头了？很好。现在这世道，还能有这样讲道理的年轻人，不错。这也正是我想要的，所以我把这些顾问朋友叫来，我们想看看你的储蓄账户。年轻人，你能给这些老人家看看你的储蓄卡吗？

瓦里尤奇被彻底击垮了。他迎着现场那些长者困惑的目光，接着恳求般地看向米丽娅姆的母亲。只是，他并没有看见她。离开了奶牛饱满的乳房，离开了他的自行车和崇拜他的人群，离开了酒吧和茶馆的匿名保护，他竟不知道该怎样做。他就像一头被猎捕的动物，现在被逼到了角落，而捕猎者怀着期望、喘着粗气，正在享受猎杀的每一个时刻。他的脑袋中出现嘈杂的嗡嗡声，视线也开始模糊，与此同时，还听到道格拉斯·琼斯依然和蔼有礼的声音，正在拖沓地讲着关于不能让自己的女儿过贫苦生活之类的话语。瓦里尤奇只能绝望地看向门，以及门外的空地。

终于逃出来了，他如释重负地呼吸着。尽管还有些颤抖，他很高兴回到了熟悉的世界，他自己的世界。但是现在这个世界在他眼中有些不同了，似乎因为受到伤害，他再也不能享受他看到的这一切。米丽娅姆跟着他来了，有那么一会儿，他觉得自己战胜了道格拉斯·琼斯。他们私奔了。瓦里尤奇在伊尔莫罗戈森林的恰纳木材商人那儿找了份工作。这对恋人住在一间简陋的木屋里，瓦里尤奇在此逃避印度雇主成日的咒骂。瓦里尤奇学会了忍受这些耻辱。他跪在原木底下，别人站在原木上，随着锯子的来回，他唱着小调，编排森林和木头的故事，讲到森林和锯子的致命婚姻，还会用悲情的声调收尾。在某种程度上，这能使他的心情更加轻松，也不会太在意到处飞扬的木屑。轮到他站在原木上时，他一边锯，一边战战兢兢地一步步向后退，感受到自己手中有一股邪恶的力量，然后唱起了关于德米·纳·马萨迪的歌，这个人在很久以前曾将比伊尔莫罗戈浓密的森林砍伐一空。

而道格拉斯·琼斯往昔的女儿米丽娅姆，会听着他的歌声盖过低语或喧闹的风声，她的心也随之起伏。这歌声，亲爱的上帝啊，这歌声和她父亲教堂里忧伤的赞美诗大不一样。太不一样了，她内心感觉无比美好。在周六和周日，他会带她到森林里去跳舞。在他们结束歌舞回家的路上，他们会寻找一块合适的草地，在上面做爱。当他进入她的身体，她在他身下呻吟，喊着她妈妈和假想姐妹的名字时，荆棘的松针叶戳着她的臀部，带来刺痛和愉悦。对于米丽娅姆来说，这些晚上是幸福和奇妙的。

瓦里尤奇也同样感到幸福。作为一个没有父亲的街头混子（他的父亲死在第一次世界大战期间，为了对抗坦噶尼喀的德国人，替英国人搬运枪支和食物的途中），能获得上层姑娘的芳心似乎是个奇迹。但是他不再是以前的瓦里尤奇了。他常会回顾自己的人生，从早年在利穆鲁的烈日下或寒风中，为别人采摘除虫菊，到最近在莫洛当牛奶销售员。他的回忆会突然以他与道格拉斯·琼斯及其顾问团的会面而终止。他永远都不会忘记那次会面：他永远都不会忘记道格拉斯·琼斯和他的朋友发出的幸灾乐祸、低沉的笑声，在米丽娅姆和她母亲面前，想要贬低他作为一个男人的尊严和自我价值。

永远不会。他会证明给他们看。他会当着他们的面嘲笑他们。

但是，他的歌声中马上产生了焦躁不安的音符：那是希望和承诺尚未实现的苦涩。他的声音变得粗糙，就像锯木头时发出的声音，他带着同样的贪婪和邪恶撕扯天空。他放弃了在恰纳商人那里的工作，带着米丽娅姆回到利穆鲁。他将米丽娅姆交给自己年迈的母亲，然后从她们的生活中消失了。她们听说他到了内罗毕、蒙巴萨、纳库鲁、基苏木，乃至坎帕拉。她们听到谣言：他被关进了监狱，甚至和一个布干达姑娘结了婚。米丽娅姆一直等着他。她记得伊尔莫罗戈森林中、蕨草坡和草地上忍痛的快乐时光，也记得在利穆鲁寒冷的六七月独守空床。她已经与父母断绝了关系，反正她也不想再回去了。他在她身体里种下的爱情果实温暖着她。孩子的到来，以及她和婆婆之间简朴的友谊抚慰了她。接着传来更多的谣言：白人正在为他们的内斗收集武器，而作为土地之子的黑人也被招募进这场杀戮。这是真的吗？这时，瓦里尤奇终于结束旅途，回到家乡，米丽娅姆发现他变了。他变得沉默寡言——那些歌声和口哨声都去哪儿了？他待了一周，然后说："我要去打仗。"米丽娅姆不能理解。为什么会发生这样的变化？为什么他如此痴迷于奔波？

但是她还是一边等他，一边在地里劳作。

令瓦里尤奇痴迷的只有一件事：他想忘掉那次会面，放下心头如鬼魂般死缠不放的轻蔑眼光。他在埃及、巴勒斯坦、缅甸以及马达加斯加参加了战斗。他对这场战争思考得不多，也不去质疑它对于黑人的意义，他只想它快点结束，以便继续之前的努力。他可能会从战场上带点战利品回家，让他在肯尼亚殖民地的小镇上开始他梦寐以求的生活。他甚至会得到一份赚大钱的工作：英国人承诺，只要击退邪恶的德国人，就会给他们工作和赏金。战争结束后，他回到利穆鲁，形体较之前消瘦，意志却更顽强了。

他回来后的几周里，米丽娅姆与他重新擦出火花，将他紧紧拥在怀里。他讲了一些关于战争的笑话，给他的儿子唱了几首士兵的歌。他和她云雨一番，又在她身体里播下一粒种子。他又开始找工作。他听说利穆鲁一家鞋厂的工人在罢工，所有工人当场被解雇。瓦里尤奇和其他人便拥到门口提供劳力。罢工的工人想拦住这些新人，把他们视为罢工运动的叛徒，但是戴安全帽的警察来到现场，用警棍赶走了围栏里的老工人，将新工人护送进去。但是瓦里尤奇不在其中。他生来就背运？他回到内罗毕的街上，加入刚打仗归来的无业游民，既没有工作，也没有赏金——“正直”的英国人和“邪恶”的德国人笑着握手言和了。瓦里尤奇并不费心去思考黑人为什么没有受雇这样的问题。当年轻人聚集在普姆瓦尼、卡里欧克尔、乌里莫约和其他地方提这些问题时，他没有加入讨论。他们让他想起战前那些农场朋友的夸夸其谈——那些努力没什么用，现在的这些也不会有用。在任何情况下，他都为自己的过去感到羞耻。他觉得，如果自己不是那么游手好闲，更有进取心，他就不会在米丽娅姆和她母亲面前受那样的羞辱。年轻人谈论着如何组建队伍、如何请愿和购买枪支、如何拿枪把白人赶出这块土地，与他的雄心和追求相比，这些似乎太遥远了。他不得不另辟一条赚钱的路。在成功的那天，他会转头，当着老道格拉斯·琼斯的面轻蔑地炫耀。随着时间的流逝，被有钱人羞辱的记忆变得愈加尖锐和鲜活，令他夜不能寐。他并不把白人和印度人看作财产、商业、土地的真正拥有者；他看到的只有道格拉斯·琼斯，穿着他的灰色羊毛外套、西装背心，戴着帽子，拄着他用来当拐杖的折叠伞。这个男人成功的秘诀是什么，是什么，是什么？他到处尝试奇怪的工作，甚至在巴哈提市场倒卖过老鹰。他会从印度集市买来铅笔、手绢，然后以能赚取微薄利润的零售价格卖出。这真该是他的职业吗？

在他能找到这个问题的答案之前，为了民族解放的茅茅战争打响了。很多工人，无论有没有工作，都从内罗毕的街上被赶进了集中营。他想办法逃脱了扫捕的大网，再次回到利穆鲁。他很愤怒，不是对白人，不是对印度人，不是对像高山河谷那样，作为这块土地上永久特征的一切事物，而是对自己的族人。为什么要扰乱平静？为什么要在他刚刚从小本生意中赚了点钱的时候，破坏这种稳定的生活？尽管没有确证，他终于相信了那个谎言：英国人很快会给黑人财富和更多的工作机会。在接下来近一年的时间里，他与周遭的混乱保持距离，专注于赚钱的热情。他转而投向殖民政权，通过配合他们，逃脱了被驱赶到集中营或躲进树林里的命运。很快，他的站边有了成果：他为自己逐渐成熟的未来兴奋不已。在别人的地被殖民者占用时，他的那块，尽管不大，却完好无损。事实上，在土地兼并、殖民者驱赶女人和老男人时，瓦里尤奇会配合其他活跃的黑人，帮助他们守卫更多的土地。这些女人的丈夫和老男人的儿子不是在集中营中发臭腐烂，就是在森林里顽强抵抗。瓦里尤奇并不是一个残酷无情的男人：他只想让这场噩梦早日终结，这样他就能继续自己的小本生意。即使在战斗中，道格拉斯·琼斯的形象也挥之不去。那次羞辱依然隐隐作痛，他像舔舐牙疼的地方一样舔舐这个伤口，希望自己有一天能直面他。

乔莫·肯雅塔从马腊拉尔回到家乡。瓦里尤奇有一点害怕，他的热情被浇灭了。当勇士们聚集起来庆祝胜利时，像他这类人会怎么样呢？啊，他以为会在这片土地上永远存在的白人呢？但随着独立的脚步越来越近，瓦里尤奇得到了他的第一份真正的回报：殖民者在撤退前给了他一笔钱，他用这笔钱买了一把电动锯，成了木材商人。

在独立后的一段时间里，随着土地之子从集中营或森林中回来，瓦里尤奇很担心自己的生命和生意。他以为会遭到什么报复，但是人们都累了。这场正义斗争以胜利收场，人们已无心复仇了。所以瓦里尤奇不受阻碍地富了起来，毕竟，与真正为自由而战的人相比，他的起点要好得多。

他怀着感恩之心加入基督教。主原谅了他。他让米丽娅姆也加入基督教，他们一起成了基督徒的模范。

但是米丽娅姆祈祷的内容不同，她希望自己的男人回到身边。她的两个儿子通过努力考入了斯利阿那中学，她因此感谢上帝。但她还是想要真正的瓦里尤奇回来。危机时期，她常提醒他不要太过残忍。他的歌声、舞蹈和爽朗的笑声都不见了，这让她痛心；他的眼神冷峻而坚定，这让她恐惧。

在教堂里，他又开始唱歌了，却不再是曾攫住她灵魂的小调，而是她熟知的悲伤曲调。耶稣的名字在信徒的耳朵里是何等甜美。他成了教堂唱诗班的台柱，经常负责敲鼓。独立之后，打鼓也被引进教堂，作为对非洲文化的让步。他参加浸会教的学习；在一个特别的日子里，他不再用瓦里尤奇这个名字，改为小道奇·W. 利文斯通。在那以后，他就坐在教堂的前排。随着他的生意得到改善，他一步步走向辉煌。他成了一名新的教会长老。

其他的事情也一样让人高兴。尽管他岳父岳母的财产缩减不少，但他们依然生活在莫洛。他们还没有原谅他。但随着他的名声逐渐显赫，他们开始试探：他们的女儿是否愿意回来看看他们呢？米丽娅姆并不愿听到这些，这让小道奇·W. 利文斯通很不高兴：作为基督徒，你的宽恕精神去了哪里？他坚持她回家去，她屈服了。他感到欣慰。但是仅仅这个行为，并不能消除他羞辱的记忆。他还是要复仇。

他的大本营在利穆鲁，但他要在全国范围内奔波，去了解和自己行业相关的最新动态。在“亚洲出埃及记”那年，由于恰纳商人不是肯尼亚公民，他们的证件即将被撤销。他们很快邀请利文斯通入伙，利润五五分。赞美上帝，称颂他的名；上帝确实从未吃过乌加里①。一年之内，他已经积累了足够的钱，可以购买利穆鲁一片原属于白人的大农场。他现在是大木材商了，他们让他担任教会资深长老。

米丽娅姆依然徒劳地等着她的瓦里尤奇。但她是一位模范妻子，别人都赞扬她是善良的基督徒、温顺的贤妻。她以自己的方式向上帝虔诚地祈祷，希望能将自己从过去的噩梦中解救出来。她从不摆架子，甚至拒绝穿上鞋子。每个早晨，她都会早起，带上她的长带挎包，走到她工作的茶厂，和其他工人一起工作。她从没有忘

① 一种肯尼亚玉米团。

记老殖民地上的那块地。有时她给工人煮茶、做饭。这让她的丈夫很恼火。为什么？为什么她要在这些人面前侮辱他？为什么她的举动不能像一位信仰基督教的尊贵夫人那样？毕竟，她不是出身基督教家庭吗？他问她，难道你必须弄脏双手，和工人待在一起吗？在衣着上，她屈服了，穿上鞋子，戴上白帽子，尤其在去教堂的时候。但劳动已深入她的骨髓，她不想放弃。她享受接触大地的感觉；她喜欢和工人无拘无束地交谈。

他们也喜欢她，但讨厌她丈夫。利文斯通把他们视作一群懒惰成性的人。为什么他们不能像他那样勤奋工作？有哪个雇主的妻子给在田里工作的人送过食物？他告诉米丽娅姆，她这是在娇惯他们。有时他会看着他们忧郁的面庞，记起在肯尼亚危机或早些时候，自己在恰纳雇主那里受过的侮辱。但是渐渐地，他学会了将这些烦心的时刻埋在静默的祷告中。他意识到他们无声的憎恨，但只把这当作懒惰的穷人对富人的嫉妒。

只有在米丽娅姆出现的时候，他们的脸上才会出现光彩。他们会卸下戒备，开玩笑，又唱又笑。他们逐渐让米丽娅姆走进他们的内心生活。他们是一个秘密教派的成员，相信基督是为了穷人受罪致死的，他们称这个教派是“悲哀之教”。她丈夫出差时，她会参加他们的一些仪式。这是一群奇怪的男男女女：他们唱着自己创作的歌曲，用鼓、吉他、铃铛和铃鼓，制造出一种震撼人心的强烈节奏，让她也忍不住快乐地跳起舞来。是的，他们都在跳舞，双手在空中舞动，脸庞散发出温暖而令人安详的光芒，直到进入一种着魔和高度觉醒的状态。这时，他们会用一种奇怪但美丽的语言交谈，似乎因共同的劳动和信仰而团结在一起，而这一点最让米丽娅姆着迷。她的内心掀起波澜，似乎有双苏醒的翅膀正在体内有力地扑腾，以至于她常常会怀着期望颤抖着回家。她等着丈夫归来，相信他俩可以一起从支离破碎的过去找回丢失的东西。但是，当他出差归来，他依然是小道奇·W. 利文斯通，教会资深长老，富有的农场主和木材商人。她再次变成对丈夫言听计从的模范妻子，听他讲述生意、账目等琐事：他签了哪些合同，他赚了或亏了多少钱，往后的计划，等等。到了周日，这对夫妇如往常一样去教堂：同样的毫无乐趣的曲调，同样的摘自指定书籍的祷告语，同样的基督教兄弟姐妹间的相互致意；还有无法避免的茶话会，以及利文斯通总要出出风头的慈善拍卖会。多好的一家人啊，每个人都带着羡慕和尊敬说。他是一名成功的木材商人，而她是一名顺从上帝、丈夫和家庭的妻子。

有一天，他很早就回家了。他的脸上神采奕奕，不像往常一样因忧虑而皱着眉，他的眼睛放出愉悦的光彩。米丽娅姆内心悸动。这是真的吗？曾经的勇士回来了？可以看出，他正在努力地抑制兴奋之情。但是下一秒，她的心马上又沉了下去。他说，他的岳父道格拉斯·琼斯邀请了他，祈求他到莫洛去看他们。他急切地展开信件，开始大声朗读起来。然后他跪下来，感谢上帝，感谢他的仁慈和理解。米丽娅姆无法加入这场祷告。主啊，主啊，是什么让我变得如此冷酷？她祈祷着，真诚地期望看到指引她的光。

重逢的日子越近，他越急不可耐。他无法掩饰胜利的喜悦。回顾一生，他认为这都是上帝在指引他。他，一个来自贫民窟的男孩，一名牛奶销售员……但他不想去回忆那个穿着补丁裤、在自行车上杂耍的可笑的年轻人。那时候，他让自己成了整个镇子的笑话吧？他到本氏兄弟的店里买了一辆崭新的梅赛德斯·奔驰 220S，这应该能让人对他另眼相看。到了那天，他穿上一件精纺羊毛外套、一件背心，还拿着一把折叠伞。他说服米丽娅姆穿上从政府路内罗毕服装店买来的一条正装礼裙。他自己的母亲则被装扮成一位穿着正装和鞋子的贵妇。他的两个儿子穿着校服，只说英语（他们说不好吉库尤语，总是犯很多错误）。漂亮的一家人启程前往莫洛。老道格拉斯迎接了他们。他上了年纪，头上银发满布，但是身体健壮。琼斯跪了下来，利文斯通也跪了下来。他们做完祷告，哭着抱在一起。我们的儿子啊，我们的儿子。还有我的外孙们。过去的一切都淹没在眼泪和祈祷中。但对米丽娅姆来说，过去的一切还是那么鲜活。

最初的喜悦过后，利文斯通对那次会面还有些耿耿于怀。他并不是对琼斯生气，这个老人的想法当然是对的。他自己也无法想象会把女儿交给一个衣衫褴褛的初级销售员。但他还是希望能永远抹除那段记忆。突然，他又从启示中看到了上帝之手，他找到了答案。他微微颤抖。他为什么没有早点想到呢？他与岳父促膝长谈，然后向他提亲。一场十字架前的婚礼，让旧我得以新生。道格拉斯·琼斯立马就答应了，因为他的女婿已是一位真正的信徒。米丽娅姆却觉得这个计划没有意义。她在变老，而且上帝已经赐予她两个儿子。这哪里有罪了？他们又一次把矛头指向她。一场在基督十字架前的盛大婚礼会让他们的生活变得更加完整。她的抵抗极其脆弱。他们一起赞美上帝。上帝总以神秘的方式行事，创造着各种奇迹。

婚礼前几周是利文斯通一生中最幸福的时光。他细细地品尝着每分每秒，哪怕是焦虑和困难也让他感到喜悦。这一天终于要来了——一场十字架前的婚礼。他就是在十字架前找到了上帝。他再次焕发青春，充满活力，强健有力。这一天，他会在十字架前交换戒指，这会抹除那段令人不安的记忆。请柬印好并立即分发了出去。轿车和大巴在门口排队。他把米丽娅姆拽去内罗毕，一间间地逛完了整座城市的商店：肯雅塔大道、穆因第宾古大街、集市、政府路、基马蒂大街，再回到肯雅塔大道。最终，他给她买了一条雪白的长袖缎裙、一块面纱、一双白手套、一双白鞋、一双长袜，当然还有塑料玫瑰。他参照克莱夫·朔姆贝格神父为非洲人所著的现代经典中礼仪准则，几乎没有违背任何关于婚礼的规则和指示。小道奇·W. 利文斯通不想犯错。

米丽娅姆没给任何人寄送请柬。她每天都祈求上帝赐予她力量挺过整个仪式。她希望婚礼能像做梦一样快点结束。婚礼的前一周，她被一路送回了父母家。她已经是两个孩子的母亲，不再是那个私奔的年轻女孩了。她觉得，假装自己还是一个住在父母家的少女，实在荒谬绝伦。但是她还是顺从了，仿佛受到比人类更强大的力量驱使。也许她错了，她想。也许其他所有人都是对的。那为什么要破坏这么多人的幸福呢？甚至教会也极为高兴。他，一名成功的木材商人，要给别人树立一个好榜样。还有很多女人过来祝贺她，拥有这样一个丈夫是多么幸运。她们都想分享她的幸福，有些人还哭了。

婚礼当天，天气晴朗。她看到莫洛起伏的田野，回忆起童年时的痛楚。她试着让自己开心点，却不由自主地哭了起来。多年的等待是为了什么？多年的希望是为了什么？她满脸皱纹的父亲极为醒目：他穿着黑色的燕尾服，里面是一件背心，还戴着一顶高帽。她羞耻地将头偏向一侧。她向上帝祈求更多的力量。在被领向圣坛的过道上，她几乎没有认出任何人，甚至是和她共事的工人，“悲哀之教”的成员，他们在外面的人群里等着她。

对于利文斯通而言，这是最重要的时刻——比复仇更甜美。这一刻让他一生为奴。而今，这一刻终于来了。为了这一刻，他精心打扮了自己：一件黑色的燕尾服、一顶高帽，对所有他能认出的显贵，主要是议员、神父和商人，他都笑脸相迎。利文斯通发现，教堂里坐满了重要人物。工人和不那么重要的人物都坐在教堂外面。“悲哀之教”的成员穿着酒红色的外衣，带着他们的吉他、大鼓和铃鼓。在经过这些人身边时，新郎极其严厉地瞥了他们一眼，但只有一瞬，因为他今天非常高兴。

现在，米丽娅姆站在十字架前，她的头藏在白色的头纱里，她的心怦怦直跳。她在想象中看见一位老奶奶假扮成新娘，和一群上了年纪的伴娘站在一起。伪装，全是伪装。她想：新郎来的时候，这里有十个处女等着他；其中五个是聪明的，另外五个是愚蠢的——哦，上帝啊，快让这苦杯倒在我头上吧，在我成奴之前，快让苦杯倾倒吧……这时神父说：“小道奇·W. 利文斯通，你是否愿意接受这个女人做你的妻子，无论疾病或健康，直到死亡将你们分开？”利文斯通大声而清晰地回答：“我愿意。”现在轮到她了。上帝啊，这苦杯……这苦杯……快让苦杯倾倒在我头上吧……“米丽娅姆，你是否愿意接受这个男人做你的丈夫……”她试着回答，口水却堵住了她的喉咙。那五个处女……五个处女……新郎来了……新郎……整座教堂在可怕的寂静中等待着。

突然，教堂外，这份寂静被打破了。人们将目光转向门口。但“悲哀之教”的信徒好像没有意识到人们脸上的惊愕。也许他们以为仪式结束了，也许他们受到圣灵指引。他们开始打鼓，敲铃鼓，弹吉他，汇聚成活泼狂放的活力合奏。教堂神职人员冲出去阻止他们——“嘘，嘘，这场婚礼还没结束呢”，但他们根本听不见。他们的脸朝向天空，他们的歌声直达天际，他们的双脚撼动大地。

第一次，米丽娅姆抬起头。她模糊地记得自己没有邀请这些朋友。他们是怎么来莫洛的？她感到一阵内疚，但也只是一小会儿。这无关紧要。她再次看见了……在十字架前，在她找到了上帝的十字架前……她看到瓦里尤奇站在她面前，就像他以前在莫洛那样。他骑着一辆自行车，在一大群崇拜者前玩着把戏……在十字架前，在她找到了上帝的十字架前……他为她做着这一切……在兴奋不已的人群中，他选中了她……这一点她确信……然后她看见他在跳舞，使她更加确信他对自己的爱……他在为她而舞。上帝啊，我曾经被爱过……曾经……我曾经被爱过，上帝……在伊尔莫罗戈森林中和草地上的时光已成了她的一部分。那是怎样的呻吟啊，上帝，怎样的呻吟啊……现在，鼓和铃鼓也在她舞动的内心呻吟。她是米丽娅姆。她感到自己如此有力，如此强大，她更骄傲地抬起头。而神父几乎在大吼：“米丽娅姆，你是否……”人群在等待。她看看利文斯通，又看看自己的父亲，她看不出他们两人之间有什么区别。她大声地回答：“不。”

仿佛一道闪电划过教堂。他们听到的是正确答案吗？神父近乎歇斯底里：“米丽娅姆，你是否……”再一次，门外的歌声让教堂里显得更加寂静。她掀开面纱，直视着所有人。“不，我不能……我不能嫁给利文斯通……因为……因为……我嫁过人了，我嫁给了……嫁给了瓦里尤奇，而他已经死了。”

利文斯通真的像变成石头般僵在那里。她的父亲哭了，她的母亲也哭了。他们都觉得她疯了。他们把整件事怪罪到这些信仰魔鬼的独立教会头上，神父没有接受过专业训练，等等。教堂外的男男女女继续跟着鼓点唱歌跳舞，他们的脸朝向天空，他们的歌声直达天际。

梅赛德斯的葬礼

如果你来伊尔莫罗戈，那么千万别错过餐吧：在这里，你或许会遇到老同学，你们可以一起回忆旧时光，了解久未联系的老朋友和旧相识的近况。基里区的大人物常来光顾，尤其周末晚上，他们在索尼亚俱乐部的草坪上打完高尔夫球和网球后，这家俱乐部在数英里外，曾只对欧洲人开放。但在喝下一两升塔斯克或比尔森啤酒后，人们会驱车前往气氛更轻松的伊尔莫罗戈工人区。提醒你，这可不是餐馆，想吃炸鸡和红酒牛排，就别去那儿。那儿以炭烤羊肉和打扮时髦的酒吧女招待而闻名。当然，还有闲聊。你坐在有红色软垫的 U 形沙发上——肯尼亚所有大众酒吧里都有，可以高谈阔论，也可以静静聆听。这里没有中立的态度，除非你假装；这里没有隐私，除非你租了一个单间。

那是一个周六的晚上，我坐在那里听人讲一个有趣的故事。听说过梅赛德斯·奔驰的葬礼吗？讲故事的人穿着深色西装，正在对一群人讲话，那群人想必是他的访客，但他的声音大得让其他所有人都能听见。他该是微醺了，但时不时语气严肃，略微带着感情色彩。我喝着满是泡沫的啤酒（顺便告诉你，我是一个实业家），竖起耳朵，收集到一些零散的线索。他正在谈论的人曾经或最近在一家酒吧工作。

他说，不多……我承认不多，事实上，先生们，我都已经忘了他。我甚至没想告诉你们关于他的事情，要不是……要不是他的名字出现在那件可笑的事情里——但是，先生们，你们肯定读到过了吧？……没有？真的吗？……总之，这件事发生了，震惊了整个伊尔莫罗戈，甚至在全国性的日报上也有几英寸的版面。这可是大事，你们知道，尤其在许多更大的丑闻竞相吸引眼球的时候。大人物拳脚相向，在地上扭打……候选人被打手暴打……其他候选人在任命日莫名被捕，第二天又莫名被释放。这是将载入历史的一年，先生们，载入历史的一年。在这么多吸睛事件中，为什么人们对偏僻村庄里一具身份不明的尸体能否决定选举结果的无聊故事饶有兴趣呢？事实一，先生们，并不是我想进行推理，如果不是大选年，这个人的死或葬礼绝不会引起如此广泛的关注。

现在，我们来想一想。有个国会议员：约翰·乔·詹姆斯阁下……你们相信吗？他曾叫约翰·卡兰加，第一次当选就改掉了本土名字……标准、有效，带着国际尊严，这些都是必需的……总之，他不想在连任时受阻。还有个人是政党分部的领导：主席……

等一等，他叫鲁洛，做了多年的分部领导——没有会议，没有选举，所有事情都是他一手搞定，人们称他为主席……他也想有一份新的不受约束的政府工作。国会和其他小型机构里会有空缺的席位，多得不计其数。但是所有在职者都希望以更多票数连任。你想想，为什么任职长达六年以上的人照样失去工作？他们是专家，有经验……不止于此。为什么会失业？因为不幸的是，许多自命不凡、想法各异的新人都来谋取相同的职位。活力……新鲜的血液……不止于此。很自然，先生们，相信在你们的地区也一样，所有人都以为，可以通过独特的技巧和效率，当上伊尔莫罗戈的议员阁下。明白我的意思吗？先生们，再来点塔斯克啤酒吧？小姐……小姐……这些服务生！……再来点塔斯克啤酒。

好了，经过第一轮初选和暗地里试探性的拉选票，竞选队伍还剩下现任者和三个挑战者。有一个是大学生……你们知道现在的大学生……卢蒙巴式的山羊胡……有破洞的美国 T 恤和牛仔裤……他们只穿外国的衣服……外国的时尚……外国的观点……你们还记得德邦森[①]领导下的马凯雷雷的时代吗？精纺羊毛外套、上过浆的白衬衫、同色系的领带……这才是我认为得体的穿着……总之，我们的这位大学生挑战者自称是知识分子工人，充分了解所有工人的

① 莫里斯·德邦森（1852—1932），英国外交官。

需求。还有一个胸怀壮志的企业家。这个人有意思。他刚刚申请到一笔贷款，要在伊尔莫罗戈购物中心建造一座大型自助超市。传言说他把一部分贷款挪用到了竞选活动中。他告诉选民，人生来就是要赚钱的，如果他当上国会议员，他保证每个人都有平等的机会发财。而他将以身作则：领导者就该成为榜样。还有一个竞选者是政府官员，或者说是前政府官员，他已辞职来参加竞选。他声称自己会成为一名优秀的国会议员。“做馨香的燔祭”是他的竞选口号。作为例证，他不但放弃了行政部门一份颇有前途的职业，甘愿成为完全的人民公仆，还卖掉了他的三头五级奶牛为竞选活动提供资金支持。他的妻子当然反对，但是……小姐，我要的啤酒呢……我们都有弱点，是吧？

每个挑战者都谴责另外两人分散了选票。如果另外两人够真诚，难道就不能主动退出、支持对手吗？然而三个人在指责在职者时却很团结：他为这个地区做过什么？他只不过中饱私囊，让自己和亲戚暴富。他们提到他的商业利益、他盖起来的数不清的楼房，哪怕选区最小的加油站都有他的股份。胸怀壮志的企业家质问道：他从哪个被遗忘的角落获得了如此巨大的财富，包括那上千英亩的大农场？为什么他不能给别人同样的机会，去分一杯羹呢？大学生质问道：他为工人做过什么？前政府官员指责他从未走访过自己的选区。他的参选对这座城市来说是一张单程票。他们齐声说：拿选票说话，让选票告诉我们真相吧。有趣的是，先生们，现任者用同样的话回答道：是的，拿选票说话——语气颇有成就感。他首先指出政府已做过什么……公路……医院……工厂……旅馆和度假村……希尔顿酒店和洲际酒店，等等。任何称政府没有作为的言论都是在蛊惑人心、玩弄政治。有人说他不像个部长，根本没做什么工作，对于这一指控，他只是一笑置之。政府是从哪儿得到力量和权威的？内阁又是从哪些人中选出来的？有人说内阁就是他组的，对于这一指控，他反击说，那是因为其他竞选者心怀嫉妒，又闲得无聊……桌上有一个大蛋糕……一些人太懒或太胖，举不起一根手指头来拿走一块……只等着别人把蛋糕塞进嘴里，甚至帮他嚼。他对前政府官员说：这个准国会议员……一个没有任何经验的人……难道他不知道国会议员的工作是要参加国会会议，制定合理的法律，来绞死盗贼、把流浪汉和妓女遣返到乡下去吗？光坐在家里喝喝“查加”[①]、下下棋，是制定不出法律的。对于大学生，他只报以轻蔑的大笑：知识分子工人……他指的是只会拿石头砸别人的车和房子的知识分子吧！先生们……本次竞选没有任何内容……没有论题，没有建议……只有承诺。大家都厌烦了。他们不知道该选

① 肯尼亚一种传统的私酿烈酒，又名“速杀我”。因非法商贩添加化学物品，导致村民失明，甚至死亡，一度被禁。2010 年肯尼亚政府恢复其合法性。

谁，虽然胸怀壮志的企业家说得倒有几分道理。你，你的瓶子还是空的……要不要来点烈的？“威使69”？不要？……噢，噢……你说“查加”？哈！哈！哈……来点“查加”……“速杀我”……没，这里从来不卖“查加”……小姐，小姐……再来一轮……要一样的。

你刚刚说到“查加”。事实上，你可以说，是“查加”拯救了这次竞选。这么说吧。如果瓦希尼亚——在伊尔莫罗戈餐吧的守夜人，没有因为酒精中毒而猝死，我们这个小村镇永远不会被任何日报提及。瓦希尼亚之死成了选举的关键因素。在一次由候选人发表演说的小规模公众集会上，大学生喊出“我们是劳动者”的口号，其他人接受了挑战。他们也是劳动者。现任者说，每一个人，除了懒人、残疾人、妓女和学生，都是劳动者。有人从观众席中站起来。此时，人们已经对这些候选人失去了原有的敬畏、好奇和尊重。总之，这个人站了出来。他是个酒鬼——而且那天已经喝了一两罐。他一边模仿各个演讲者惯用的手势，一边问道，谁关心一个穷工人啊？这年头，穷人要是死了，连个墓坑都没有，更不要提放进体面的棺材里埋葬了。人们都笑起来，掌声雷鸣。他们完全懂得这个人对自己的担忧，他皮包骨，看起来就像个快死的人。但他坚持己见，说到瓦希尼亚的事。他的话像电流一样击中了每个人的心。那晚，所有候选人都秘密地单独去找死者的妻子，提出为他安排葬礼。

我不知道你们那里是不是这样。在我们村里，葬礼是社会性事件，就像外国的鸡尾酒会。我指的是独立以后。一九五二年之前，你们知道，危机爆发之前，人们总要保存遗体，在令人费解的肃穆和眼泪中静候。人们敬畏死亡，却因为热爱生命而直面它。他们问：什么是死亡？因为他们想知道什么是生命！他们在葬礼上对活着的人表示同情，帮助埋葬死者。一个墓坑。人们会静默地轮流挖墓坑，把它当作一种仪式。然后一丝不挂的死者被放入墓坑。先在遗体上撒一点土。遗体、泥沙、土壤：它们有什么不同呢？然后危机爆发了。到处都是枪支。父亲、母亲、孩子、牲畜统统都被杀死了，遍地都是尸体，留给秃鹫和鬣狗啃噬。要不就是大规模地掩埋。人们对于死亡变得无所顾忌，甚至对生命也变得漠不关心。今天是你，明天是我。为什么要悲伤恸哭？为什么要悼念亡者？人们只有一个呼求：在这场战争中取得胜利。其余一片死寂。先生们，你们怎么认为呢？在这个金钱比生命更重要的年代，我们还应坚持敬畏死亡吗？如今，还剩下什么？娱乐？地位？穷人甚至会因为报纸上或广播里一条亲人去世的消息而陷入债务。然后是街谈巷议，先生们，到处是闲言碎语。有多少人参加了葬礼？葬礼上收到了多少份子钱？棺材是什么样的？墓坑是用水泥铺的吗？塑料的花，虚情假意的眼泪。一年后会有一则针对亡者的广告：

爱你。想你。虽然一年已经过去，但对我们来说，你像是今天才突然离开所爱之人，甚至来不及告诉他们你最后的心愿是什么。亲爱的，你一直就是那颗引路星，将永远在那里闪耀。

你们知道，他是对的。对穷人来说，连死都是耻辱，甚至教堂都不愿正经地接纳穷人，尽管神父会快步来到濒死者的床前，抓紧把这个可怜的家伙送上沉重的旅途，替耶稣认领又一个受害者。你们看吧，瓦希尼亚的死，一个穷人的死，就这样起作用了。

我不知道这里面有多少是真实的，但据说每个候选人都提出给死者的妻子一笔钱，前提是她把葬礼上的一切安排和独家致辞留给自己……你们说，她该拍卖这项权利？也许吧……也许。但这只是传言。我所知道的事实——公开的事实，是这位妻子和她丈夫的遗体突然消失了。你说被偷了？某种程度上来说，是的。传言说，这事和 J.J.J. 有关。其他人马上召开公众集会，声讨这一行为。怎么能偷遗体呢？一个领导者怎么能对死者如此不敬，如此不顾公众的感受呢？人们都觉得被这出葬礼闹剧给骗了。他们嚷着：交出遗体！交出遗体！会场一片骚动，以至于警察都出动了。尽管如此，公愤依然不能平息。遗体！遗体！人们嚷着。J.J.J. 向来冷静，这会儿也擦了一两次脸上的汗珠。是大学生挽救了局面：他建议成立一个委员会，不仅调查这起遗体失踪案，还要从整体上解决穷人的葬礼问题。所有竞选者都是这个委员会的成员，还有一些中立者。谁来负责？大家争论不断。重担落到了分部主席的身上。之后所有候选人都来讨好他。传言愈演愈烈。支持者成群结队地跟着委员会在村里游走。然后，奇迹中的奇迹出现了。瓦希尼亚的妻子就像她突然消失一样，又突然出现了，但她拒绝透露之前的行踪。更有甚者，遗体出现在市太平间。这引发了更多传言。没有哪个啤酒聚会不在谈论这件事。委员会审议的口述简报刊登在日报上，成了所有酒吧的热议话题。人们从主席那儿了解到有关葬礼安排的每一个细节。一夜之间，可以说，瓦希尼亚从一个死人成为选举中最关键的因素。人们窃窃私语：谁是瓦希尼亚？他的生平被一一挖了出来。许多人都自称和他有非同一般的关系，讲述着与他之间的精彩故事。因为死，他比生前更有名气。因为死，他成了每个人最亲密的朋友。

我？当然，先生们，我也一样。我曾在他人生中三个不同的阶段遇到过他：他当搬运工时；在公交车上执勤时；以及最近的守夜人。我可以说，他从满怀希望到绝望酗酒的人生历程正是我们这个时代的故事。但先生们，怎么回事？你们没在喝酒了吗？小姐，小姐……快给这些先生上酒……噢，算了……等他们喝完这一轮……好的，先生们……喝酒，开心点……生活是——我告诉你们，没什么大道理可讲……没有说教，请允许我再说一遍：瓦希尼亚迅速走向坟墓的故事就是我们这个乱世的缩影！

整个酒吧安静下来。我试图抿一口啤酒，但刚端起酒杯就放回了桌上。不止我一个人这样。所有半满的酒杯都静静地放在桌上。所有人都聚精会神地听着这个故事。讲故事的人，手拿一杯啤酒，呆呆地望着地面，似乎突然凝重的气氛打断了他的思路。他放下酒杯，声音也低沉了下来。

我第一次遇见他是在二十世纪六十年代，他又开始讲起来。如果你们还记得，那些年，梦想就像风中的花香，飘洒在村子的空气中。后来，关于自由的传言让人们每天担惊受怕，永远不知道明天会发生什么：如果某件事——但是不会，没有意外会阻拦那一天的到来，门会打开。试想，在流了那么多鲜血……那么多鲜血后，要推选我们的子孙做黑人权力的发言人！

你们能想象，他也曾有梦想，对未来怀着美好的期望。我想，即使在弯腰背负糖、玉米粉、马加迪盐和苏打粉的麻袋时，他也依然活在自己的世界里。鲜花处处的田野上有豌豆和青豆。孩子们快乐地追赶着蝴蝶和蜜蜂。一个值得期待的世界，一个可以征服的世界。等到明天吧，主啊，明天。他长得高高瘦瘦，但一双清澈的黑眼睛坚定有力，充满了希望。你可以想象，这个时候，背上扛着的糖袋不重，他的四肢充满新生的力量，他是故事中那个力拔山兮的巨人，吹口气就能把树吹向天空。树木、树根、树枝都在高高的天空中盘旋，化作羽毛随风飘散。飞走吧，鸟儿，庭院里的小家伙，从沙里捡到粟米再回来。他会放下麻袋，看着鸟儿飞向未知的天空，他的梦想也随之翱翔在天际，他心灵的眼睛看着这深藏明日希望的地平线，视野愈来愈模糊。然而，从商店某个角落里传来他的印度老板的吼声，把他拉回到现实中。快点装货，你这个懒小子。钱你要，活却不干！你以为钱是从地里长出来的还是从天上掉下来的！接着老板就打他。瓦希尼亚无奈地叹气。他毕竟只是“舒克拉和舒克拉”商店的搬运工，就像他背上的货物，只是一个东西罢了。

“舒克拉和舒克拉”就是我遇到他的地方。之后我在色里安纳寄宿学校读书。那时，这所学校就像传教所，我的意思是，它有太多的规定和限制。比如，除了周六下午，我们绝不可以出校，即使出去，也不得超出方圆三英里的范围。丘拉镇上有十几家印度人开的商店和一个邮局，无论体力上还是经济能力上，这是我们唯一能去的活动中心。口袋里装着十美分、五十美分或者一先令，我们带着决心走去那里，仿佛要完成重大使命。在各个商店间兜兜转转之后，我们会在“舒克拉和舒克拉”买一罐芬达汽水或一些马兹瓦尼软糖，这一天就不再有别的想法了。我一整个学期的零花钱从未超过两先令，所以去丘拉镇时，我并不期望自己能买芬达汽水、炸面包或马兹瓦尼软糖，让周六下午的外出更圆满。一块糖、一罐汽水对那时的我来说就是全世界。你们笑了。但是你们知道我有多嫉妒那些同学吗？他们昂首阔步地行走在那个世界而不受责备，甚至家里还有更好的东西等着他们。我一走进商店，就必须谨防碰到我的朋友。我不得不撒谎说还有重要的事情要办，他们也知道我在撒谎。你们能想象我有多担心自己被戳穿吗？

瓦希尼亚准是识破了我的心思。我记不清我们第一次是怎么相遇，又是谁先开口的。但我记得最初见到他时的尴尬，他的衣服破旧，脸也脏兮兮的。感觉我要被他拉低层次了。别的男生会怎么看我？在学校，人与人之间很快就会被分成三六九等。为了不让我的校服磨损，我在家也常常穿破衣服，饿着肚子上床睡觉。我们聊了几句后，我很快发现我们有着相同的家庭背景。我们都来自伊尔莫罗戈。我们都没有父亲：我的父亲死于“查加”中毒，他的父亲则死于森林战斗。所以我们都是由母亲辛苦拉扯大的。我们上的小学是同一类：卡林的私立学校。不过，我的小学受殖民区教育局管辖，而他的小学已经停办，教学楼也被英国人烧了。所有非洲人创办的学校都被怀疑在为争取自由的运动提供帮助。

就这样，出于偶然，我们走上了不同的道路。虽然我们有相同的经历，但我还是感觉稍稍高他一等。内心深处，我其实是担心他影响我在学校的地位。但他会时不时地把二十或五十美分偷偷塞到我手里。我因此十分感激他，并消减了最初对他的反感。于是，我通过接受他辛苦赚来的钱，得以继续撒谎掩藏我的身份，让自己看起来与其他同学一样。我也由此成了他梦想、志向和未来人生规划的承载者。

“你很幸运，”瓦希尼亚每次都这样开头，眼里闪着光。他告诉我，他有多渴望上学，在不同的班上取得过怎样的成绩，“从一年级到四年级，我从未落在第三名之后，尤其是英语……没有人能超过我……还有历史……还记得我们学过的那位非洲国王吗？他叫什么名字……恰卡，还有莫修修……他们如何用石头、茅枪，甚至赤手空拳打败英国人……还有韦亚基、勒邦、姆旺加和南迪，他们都与英国军队作战过……”他会变得兴奋，一个接一个地细数着非洲英雄先辈的名字。但我在色里安纳学到的历史完全不同。我真的很同情他。我想告诉他真实和正确的历史：凯尔特人、盎格鲁-撒克逊人、丹麦人和北欧海盗、征服者威廉、德雷克、霍金斯、威尔伯福斯、尼尔逊、拿破仑，等等，他们才是真正的历史英雄。但我又想，他是不会理解中学历史的，而色里安纳的教育是出了名的一流和严格。他无论如何都不会给我机会说的。因为他正仰仗他的英雄过当下和未来的日子：“你在色里安纳也学这些历史吗？可能更难理解……我以前总是画那些战役的草图……老师也非常喜欢……他还让我到黑板上去画……你知道吗，用粉笔、黑板擦和大大的T形尺。你知道吧?”他问我关于色里安纳的事情：都有哪些学科，都有什么样的老师……“欧洲人吗？他们会打你吗？白人教授用鼻音说英语，跟他们学习难吗?”他说话的时候总是看着我的夹克和绿领带，还会摸一摸用拉丁文写着的校训和徽章。我常常觉得他在我这儿享受着色里安纳学校的一切。我成了他努力奋斗的榜样，尤其在传言白人要离开以后。

先生们，那就是我对瓦希尼亚的印象：一个从未放弃接受高等教育梦想的男孩。他总是看着远方，眼里带着些许迷离，对“舒克拉和舒克拉”的一切感到不耐烦，觉得时间过得太慢。“这个工作……只是暂时的……再过几天……再攒一点钱……啊，我就可以回学校去了……你觉得我能做到吗？……我们的老师……他是个很好的人……常常教我们唱歌……我嗓子不错……改天我唱歌给你听……他常常告诉我们，不要一看见白人造的东西就瞪着眼睛：别针、枪、炸弹、飞机……一个人能做的，另一个人也能做，而且能做得更多、更好……总有一天……不过算了!”他总是突然中断对老师的引述，眼神更迷离了，有那么几秒，他没有跟我说话。然后好像公然挑衅命运本身似的，他会重复老师说过的话：一个人能做的，另一个人也能做。报纸，也就是印刷的文字，让他着迷。他的口袋里总是装着一份旧的《旗帜报》，在奔波于两份工作的间隙，他会拼写单词，弄懂词义。“你觉得有一天我能读懂它吗？我想不查词典就能读懂它。像白人一样用鼻腔发音，嗯？虽然现在你看我读不懂这些单词，但总有一天我会轻松读懂的……就像喝水一样简单……这个词是什么意思……死……死……死的……死的锁……锁怎么会死呢[①]？”不得不承认，我被他的热情和坚定的信念所感染，尤其在那个钱包瘪瘪、天空中时不时响起枪声的年代。

先生们，你们已经不喝酒了。除了喝酒，我们还能干什么？酒能让我们暂时抛开恐惧、担忧和记忆……但我仍然不能忘记最后一次在丘拉见到他的情景。也是一个周六下午。他在铁路道口等我。对于这次见面，我有点不知所措，假装不经意地走过去，用冷静的口气和他说话。他却很兴奋。他走在我旁边，用惯常的语气和我说话，然后从口袋里抽出一样东西。一份旧的《旗帜报》。“看这个……看这个，”他翻开一页说，“读一下……读一下。”他边说边把整份报纸猛塞进我手里。但当我们向“舒克拉和舒克拉”走去时，他仍在我的肩膀上方看着。

你怀念国外学生航班吗？

---

① 原文是deadlock，意为“僵局”，拆开后得到dead（死）和lock（锁）。

你可以在国内学习国外课程。

想接受高等教育吗？请抓住机会！

想要一份美妙的工作吗？请抓住机会！

别忘了联系我。

申请学校：

英国

布里斯托尔

速成大学

附注：我们提供一切从小学到大学的课程。

你还记得去美国和欧洲的航班吗？瓦希尼亚在我身旁雀跃着。他一股脑儿问了我许多问题。我对函授学校一无所知，但不敢让他看出来。我试着对函授作出轻蔑的评价，但他对我这扫兴的回答不以为意。他的高等教育梦想就要实现了。“我能做到的……我会做到的……自由即将来临，你知道……自由……更多更好的工作机会……更多的钱……甚至可以拥有‘舒克拉和舒克拉’的股份……这些印度人就要走了，你知道……钱……但我真正想要的是，有一天能用鼻音朗读《旗帜报》……”我让他独自站在“舒克拉和舒克拉”前，凝视着那份报纸，他的眼里也许满是希望的光芒，渴望得到有尊严的未来。没有任何东西可以打破他的信念、他的希望、他的梦想，即使这片土地还需要时间，从战火纷飞、集中营和破碎的家园中恢复过来。

我继续我的学业，为即将到来的考试做准备。大多数同学都通过了考试，并被马凯雷雷学校录取，那是当时东非唯一的一所大学……不，不完全是……还有达累斯萨拉姆大学……但这所学校刚开办。没有昂贵的学费。没有规定和限制。我们穿着精仿羊毛衫，抽烟，跳舞。我们甚至还有零用钱。自由来临。我们又唱又跳，流下喜悦的泪水。明天。黎明。自由。黎明。我们拥入坎帕拉大道，手牵着手，齐声歌唱。自由。黎明。我记得，那是一种集体式疯狂，那些和我们一起迎接自由的女人也知道，她们纵情狂欢。我们每个人都一样。但是我敢肯定，没人意识到那晚发生的事情究竟意味着什么，我们在接下去的几年中才意识到。也许瓦希尼亚是对的。上帝啊，多不可思议的几年！我们听闻了奇怪的事情：所有在马凯雷雷完成学业的人正在受训，准备成为行政长官、劳工事务官、外交官、外事长官——全都是欧洲式的工作。自由。黎明。另外的人则在壳牌石油公司、美国德士古石油公司、美国埃索石油公司和其他石油公司工作。我们等不及轮到自己了。自由。黎明。一些人来参加了推迟的毕业典礼。他们穿着深色西装，开着跑车，身边还有穿高跟鞋的红唇女郎。他们谈论着他们的工作、他们的跑车、他们的雇员、他们摆着红木家具的办公室，当然还有他们来自欧洲和亚洲的秘书。所以这是真的。不再是传言，不再是难以置信的故事。接下来就是我们。

我们不再梦想拥有糖果、芬达汽水和姜汁汽水。跑车成了我们的世界。我们相互比较着：大众、小奇迹、福特豪华版、法国标致、飞鹰。梅赛德斯·奔驰是我们不敢想象的。无论如何，我们马上就能住进欧式大厦、在欧式宾馆用餐、在欧式海边度假村打高尔夫球，这已经是个奇迹。憧憬着这一切，我怎么可能还记得瓦希尼亚呢？

在毕业前的最后假期里，一个周六，我坐公交车去城里，梦想着自己即将拥有的世界。凭借经济学与商业学位，大多数公司的任何工作我都唾手可得。房子……车子……股份……定居区的土地……这些在我的脑海中回旋，这时我突然发现我坐的公交车不再单独行驶。它正在和另一辆名叫“信主一号”的公交车赛跑，鲁莽而疯狂。我用双手捂着肚子。两辆公交车并排飞驰在路上，迎面驶来的车辆被逼停在路旁。我感到我美好的未来极有可能要被这次不负责任的公交车赛断送了。那些执勤生敲打着车身，吵着让司机加速：难道这车得了肺结核吗？同时，他们指着另一辆车上的执勤生嘲弄、谩骂。他们爬上行李架，又像猴子一样从上面荡下来，来到车的一边。他们这是在拿生命开玩笑，就像我曾在印度马戏团看到的死亡骑行者。车里高度紧张、令人窒息。某个时刻，有个女人因为极度紧张而尖叫起来，那似乎激起了执勤生和司机的斗志。突然“信主一号”超了上去，我们车上的执勤生一脸失望，而乘客的脸上则露出放松的表情。这时我才敢朝那些执勤生看了一眼，发现其中有一个不是别人，正是瓦希尼亚。

他上了公交车，不断地摇着头，好像对这一切感到难以置信。他看上去更虚弱了，但他脸上轮廓分明，变得成熟了。我偷偷地缩在座位上，避免跟他接触。但他肯定看到我了，因为他的眼睛突然亮了。他一边朝我冲过来，一边大声喊着我的名字，全车人都听到了他的喊声。“我的朋友，我的朋友。”他喊道，紧紧握住我的手，坐到我身旁，使劲拍了拍我的肩膀。他比以前外向了，尽管努力压低声音，但他的声音还是盖过了其他人。“你还在马凯雷雷读书吗？你可真幸运啊！还记得我们在丘拉的日子吗？那些印度人……他们从未离开……就那样把我开除了……好在我们的人在变强大……就像这个公交车老板……以前他只是个小巴司机……现在他有了十辆公交车……总有一天他会拥有超过十万先令的财产……不错吧？你得快点完成学业，兄弟。像你这样受过教育的人可以贷款。你可以创业……就像这个公交车老板……你认识他吗？他是这个区的国会议员……约翰·乔·詹姆斯，你可以叫他J．J．J．……告诉你实情吧，这正是我想做的事……存一点钱……买一辆二手标致……从开小巴干起……告诉你，没有什么比交通业来钱更快了……除了买房出租……司机，加点油。”突然，不得不说，我终于松了一口气，他站起来，沿着没人的过道冲过去。他得监视另一辆公交车。乘客的比赛重新开始。

我离开了，有点悲伤。那个渴望通过函授得到海外教育的男孩怎么了？我不再去想这件惊扰我梦想的事，试图重温内心期待美味佳肴时的幸福感觉。但这场死亡竞赛使我精神不振。

嗯？再来瓶酒，让我缓口气？来吧，美妙的红酒……精彩的故事……先生，怎么啦？再喝点……我说，一次畅饮就是生命之血。

你们真该看看毕业一周后的我们。我们狂喝狂饮。天堂之门打开了，因为我们拿到了钥匙……钥匙……芝麻开门。告诉你们，一开始工作，我们才知道情况不容乐观。我在一家商业公司工作，所有重要职位都被白人占据……专家，你们知道……受训时间很长，考验着人的耐心……尤其是独立后的四年……现在还这样吗？从某种程度上来说，是的……那些所谓的专家，明明技术不如你，却挣得比你多……还掌握着实权……但我还说不上对此失望……如果你努力工作，就能得到你想要的……再向政府和银行贷款……前段时间，我买了一块地……一千英亩……几百头牛……我的经理是欧洲人……这个“花园”经营得还不错。所以我才有几个小钱喝喝酒……时不时地……这家酒吧一直是我最喜欢的……给我一种回到家的感觉……还可以看看热闹……老乡……毕竟人都有志向……偶尔他们也会雇美丽的酒吧女招待……男人需要生活……不是吗？这里就有一个……臀部丰满……人们叫她梅赛德斯……我喜欢丰满的臀部……总之，有一天我很想要她。我朝守夜人使眼色。我低头在一张钞票背面写了一句话：她今晚有空吗？然后我抬起头。守夜人已站在我面前。他穿着一件大外套，戴着一顶帽子，手里紧紧攥着一根手杖。我觉得那是一根新的手杖。然后我们四目相对。天啊，是瓦希尼亚！

他一时间迟疑了，一阵短暂的犹豫。“是瓦希尼亚吗？”是我先开口，同时不由自主地伸出手去。他握住我的手，然后略带拘谨地回答：“是的，先生。”但我察觉到他的嘴角挂着一丝讽刺的微笑。“你不记得我了吗？”“我记得。”但他的声音和举止中没有认同感。“你想要点什么？”他礼貌地问道。我的心沉了下来。我感到尴尬。“和我喝一杯？”“我会把账单送过来。但如果你不介意的话，我等会儿再喝。我们有规定，客人在的时候不能喝酒。”然后他回到自己的岗位上。我没有勇气把那张写了字的钞票给他。黑夜中，我怒气冲冲地开着我的梅赛德斯·奔驰 220S 回了家。我能为他做点什么？他的梦想怎么了？他的眼里没有任何活力，他的梦破碎了。下一个周末我又去了那里。为了那个酒吧女招待。她的整个身体都充满魅惑，似乎在说：来吧，来吧。但我应该把小纸条递给谁呢？我又把守夜人叫了出来。我辩解道：他毕竟受雇于这家酒吧，提供这项服务。他也为别人传纸条，不是吗？我把小纸条给了他，朝那个丰满的酒吧女招待的方向点了点头。他笑了，眼里没有光，机械地按照客人的吩咐去做。他带着另一张小纸条回来了：“有空，14号房间，现金。”我给了他二十先令。我还能怎么办呢，小费……两先令的小费……他照样精准而机械地接受了。瓦希尼亚！竟然落魄到给男女做秘密交易的中间人！

偶尔他会醉着来上班，从他通红的眼睛就能看出来。他会找人说话，吹嘘自己有过几个女人，能喝多少酒。然后他便扯着嗓子，要几个铜板去买烟。我很快就知道了他是怎么失去执勤生这份工作的。他的公交车和另一辆在赛车时相撞。死了许多人，包括司机。他自己也受了很严重的伤。伤愈出院后，他就失业了。J. J. J. 甚至没有给他一丁点补偿……他说起这件事时总是十分狂躁。不喝酒的时候，他沉默寡言。但是几周过去了，几个月过去了，他清醒的时候越来越少。他成了酒吧的常客。他总是预支整个月工资来买酒喝，月末不得不向人讨一杯酒或五十美分。他开始喝“奇鲁鲁”和“查加”。这时候，他满脑子都是不切实际的梦想和不可能实现的计划。“别担心……我会死在一辆梅赛德斯·奔驰里……不许笑……我会存钱，做生意，然后就买一辆……容易……等我有了车，就不工作了。我会像德拉梅尔勋爵一样活着和死去。”人们便叫他瓦希尼亚·奔驰。我常想，他是否还记得丘拉的日子。

一个周六的晚上，他走过来，坐在我的旁边。这个举动让我吃惊，因为他当时很清醒。我给他点了一杯酒。他拒绝了。他的声音平静而缓和，但眼里闪着曾经的光芒。

“你现在把我看成废物。但我常常问自己：情况会有不同吗？——如果我有机会，像你们一样接受教育。你还记得我们在丘拉的日子吗？啊，那是很久以前了……恍如隔世……那个函授学校，你记得吗？我从来没有赚够钱。后来有了妻子和孩子，存钱就更难了。不过，也算是慰藉。啊，就差一点钱……差一点教育……学校……我们的老师……你还记得他吗？我过去常跟你提起他。他是怎么教导我们的？一个人能做的，另一个人也能做……一个民族能做的，另一个民族也能做……你觉得是这样吗？你受过教育，去马凯雷雷读过书，甚至可以像科伊南格的儿子那样去英国攻读硕士学位。告诉我，真的是这样吗？对于我们这些连一个英语单词都不会说的平民来说，真的是这样吗？这么说吧，我不怕干重活，也不怕流血流汗。老师过去常教导我们：民族独立后，我们必须努力工作。欧洲人之所以能达到现在的成就，是因为他们努力工作；而一个人能做的，另一个人也能做。他是个好人，一直都是，他常常跟我们讲起伟大的非洲人。然后有一天……有一天……你知道，我们都在上学……然后一些白人来了，纨绔子弟，把他从我们的教室带出去。我们惊恐地爬上泥墙。几码外，他们粗鲁地把他往前推，开枪打死了他。”

瓦希尼亚酗酒越来越严重，因此被解雇了。我从没见过他最落魄时的样子，当时我因进步银行的国际业务在国外出差。但就算现在，在我说话的当儿，我依然能感觉到他就在我身边，吹牛，大谈梦想，喝得醉醺醺的，还有最后一次见面的情景。

讲故事的人接连灌下了一两杯酒。我也喝了几口。好像我们刚目睹了令人不悦的场面，想用酒冲刷掉那段记忆。过了一会儿，讲故事的人用冷漠和讥讽的夸张语气来打破这一阴沉的气氛：“先生们，你们看，时来运转了。瓦希尼亚死后成了显贵，连他之前的雇主J．J．J．也争着要他。”但他骗不了任何人。他已经没法恢复原先轻松的氛围，毕竟我们已将丘拉的那段经历抛到脑后。瓦希尼亚，一个我未曾谋面却又似曾相识的人，打破了我们喝酒时的平静。有人说：“可惜他从未拥有自己的梅赛德斯·奔驰——哪怕只是开一下。”

你们错了，讲故事的人说，从某种程度上来说，他有奔驰了。你们在摇头，先生们？给我们来点酒，小姐，再给我们来点。

多亏了那些候选人互相竞争，尽管他们都是负责安排葬礼的委员会的成员，但他们不同意合作。你们看，每个人都只想实施自己的计划，每个人都想成为唯一被提及名字的捐赠人。委员会在混乱中开了一两次会议，最终通过了一个初步方案。

第一项，钱。每个候选人捐赠的数额将在葬礼当天公布。

第二项，交通。J．J．J．曾提出用他妻子的“购物篮”（崭新的浅绿色科尔蒂纳G．T．）把遗体从市太平间运过来，但其他人反对。最终决定，四个人租一辆中立车（标致家用小轿车），费用均摊。

第三项，墓坑。依旧是四个人均摊挖坑和铺水泥的费用。

第四项，棺材和十字架。在这项花费上，他们不同意均摊。每个人都想成为棺材和十字架的唯一捐赠者。告诉你们，他们中没有任何一个是真正的信徒。最终他们作出妥协：一起出钱买一口中立的棺材，把遗体从太平间运往教堂，再运往墓地。但每个人可以带上自己捐赠的棺材和十字架，然后让参加葬礼的人从中选一个最好的。众人参与的民主。

第五项，葬礼上的致辞。在展示各自带来的棺材和十字架前，给每个候选人五分钟的时间演讲。

第六项，日期。即使在这一点上，也有很大争议。但大家都觉得周日最合适。

在那之前一周，先生们，每天晚上，每个酒吧都坐满了来议论这件事的人。市场上挤满了人。公交车里人们不再谈别的话题；值勤生有了大显身手的机会，给乘客讲述瓦希尼亚的故事。没有人再去讨论候选人的优缺点：所有的地方都不再出现其他话题。只有瓦希尼亚和他的葬礼。

那个周日，人们满腹狐疑，信教的、不信教的、清教徒、天主教徒、穆斯林，还有一两个刚转信拉达克里希南的，全都拥到伊尔莫罗戈长老会教堂。这在伊尔莫罗戈是史无前例的，所有的酒吧，甚至以非法经营“查加”著称的酒吧，都空无一人。那个周日的早上，伊尔莫罗戈就像一座鬼城。远近村子里的人也成群结队地来了。有些住得特别远的人，甚至租了大巴和卡车赶来。布瓦纳·所罗门神父也穿着华丽的镶满金银的深色长袍早早前来，通常情况下他是不允许非圣徒的遗体进入神圣的教堂的，当然达官显贵除外。他主持的仪式令人印象深刻，尤其在他用优美的颤声布道时：“温柔的人有福了，因为他们必承受地土；怜恤人的人有福了，因为他们必蒙怜恤。”布道结束后，我们走路、开车、坐大巴和卡车去了墓地，那儿已坐了更多的人。好在扩音器已由细心周全的行政长官提前安置好了，即使坐在最边上的人，也能清楚地听到演讲和葬礼致辞。祷告之后，所罗门神父再次用他优美的颤音俘获了所有人的心。每个候选人所捐的数额得以公告。

企业家捐了七百五十先令。农场主捐了二百五十先令，J. J. J. 捐了一千先令。听到这里，企业家冲到话筒前，宣布再加三百先令。对于企业家额外的馈赠，人群中发出一阵轻声的赞许。最后是大学生，他只给了二十先令。

我们都屏息等待他们捐赠的棺材和十字架。对于从谁开始，发生了一点争执。每个人都想最后发言。大家抽签。最后按照大学生、农场主、企业家和J．J．J．的顺序进行。

大学生扯了扯他的卢蒙巴山羊胡。他抨击富有却招摇的人。他谈到工人。简朴生活，努力工作。那应该成为我们国家的座右铭。为了遵循这一座右铭，他准备了简易的木质棺材和木质十字架。毕竟耶稣原来就是个木匠。大学生走下台时，一些人报以嘲笑。

接着是农场主。他也推崇简朴生活和努力工作。他信赖土地。作为政府官员，他一直鼓励瓦希尼亚通过耕种来表达自己的爱国情怀。他的也是简易的木质棺材和木质十字架，只是有一点不同。他雇了一位很受欢迎的画家——曾为酒吧绘制美人鱼等壁画，他在棺材上画了一头绿色的奶牛，奶牛的乳房和乳头都充盈着牛奶。人们忍不住开怀大笑。

企业家将为我们带来什么呢？他穿着深色西装，挺着啤酒肚，站在那儿，大家对他的期待提高了。尽管前面两人表现不够出色，但人们并不感到厌烦。对于世界上所有像瓦希尼亚这样的人来说，他们需要的是一个公平的机会。有机会可以分一杯羹，这样就算他们死后，也可以给孤儿寡母留下得体的避风处。企业家喊来他的手下。他们打开棺材。那是一口精心制作的棺材，和希尔顿酒店的外形一样，有楼层和玻璃窗户。人群中传来赞许和满意的口哨声，就像在戏院看戏时遇到精彩的转折。他的手下展开遮布：一条洁净无比的白床单，引来更多赞许的呼声。企业家走下台来，脸上带着刚打破多年纪录的运动员似的神情，而他创造的纪录将在很长一段时间内无人企及。

现在，所有人都等着J．J．J．出场。他在国会六年的职业生涯使他成为一位娴熟的表演者。他从容不迫地走上来。他的皮革公文包鼓鼓的，塞满了文件。他把他的象牙拐杖和扇子放到一边。他的啤酒肚很大，倒也和他的身高相配。他大谈自己是如何长时间服务大众的，有哪些经验。他说，在远古年代，人们根本不可能让一个未受割礼的人去领导一支国家军队，他一边说着，一边带着轻蔑的眼光瞥了一眼他的反对者……他总是在为穷人抗争。但他绝不会在这种悲伤的场合拿一篇冗长的演讲来烦扰大家。他不想把政治带到这样一个属于逝者的场合。他唯一想做的就是向死者献上崇高的敬意，也向死者生前的愿望表达敬意。瓦希尼亚死前常说……但是等等！他这么说，就是给他的手下发出了暗示。一口裹着鲜红布料的棺材抬了上来。他们慢慢地打开红布。人们全都趴在前排人的后背上，伸着脖子，想要看个究竟。突然，人们看到那口被高高举起的棺材，不由自主地发出了叹息。这根本不是一口棺材，而是一辆完美的梅赛德斯·奔驰660s模型，有车门、车窗，还有红色的窗帘和百叶窗。

J．J．J.让大家的这种情绪尽情地流淌，任其发展。这只是为了表达对死者的敬意，他继续说，好像什么都没有发生似的。瓦希尼亚兄弟死前曾说，他的愿望就是死在一辆奔驰里。这是他最后的愿望：我说了，让我们遵从死者的遗愿吧。他把一条白色的手帕拿到眼前，同时举起那把扇子回应期待中的掌声。

但不知怎的，压根没有掌声；连小声的赞许都没有。出事了，我们都感觉到了。就好像一个精心准备的笑话却没让人笑起来，根本没有达到预期的效果。我们都成了公开场合一次有伤风化的行为的目击证人。人们纷纷起身，开始离场，好像都不想与这一行为有关。只留下J．J．J.、他的挑战者和他们的手下，站在挖好的墓坑旁边，毫无疑问他们都不清楚到底怎么了。突然，J．J．J.回到自己的车上，开走了。其他人也很快都走了。

瓦希尼亚由他的亲朋好友放进一口简单的棺材埋葬了。当然，这口棺材是由所罗门神父祝福过的。

关于选举，我的意思是选举的结果，无可奉告。你们知道，J．J．J.依旧在国会工作。但一直有一些关于他操纵选举的流言蜚语。大学生获得上百个赞成票，回到了学校。我相信，他已毕业，拿到商业学位，像我一样在银行工作。他贷了一笔款，从非本国国民的印度人手中买了好几套房，成了城里有名的地主。一个欧洲房地产代理商在帮他打理那些房产。

企业家则彻底完了。他深陷借贷危机。他的商店和三英亩田产都被拍卖了。J. J. J. 买下这些资产，又转手卖出去，大赚了一笔。农场主也破产了。他当时以为竞选上国会议员自然就有钱了，就卖掉了高级奶牛——都是顶级的荷兰乳牛。J. J. J. 确保让他再也没能回到原先政府官员的职位上。

如果你去马奎尼的“查加”酒吧，也就是瓦希尼亚在最后的日子里常去喝酒的地方，你就会看到那两个破产的人，现在他们成了最好的朋友，正等着别人给他们买一两罐“查加”。他们会跟你说，这酒只要五十美分。

J. J. J. 依然开着他的梅赛德斯·奔驰——现在是 660s 了，和我的一样，他总是狐疑地看我！这是四年前的事了……世事难料啊。

先生们……最后来一杯，怎么样？

瓦本兹人①

一个人对监狱最深的印象是它的臭味：屎尿的臭味、汗液和口气的臭味。所以当瓦鲁西乌努力躲避过往的人群时，并不只是害怕别人会认出自己。谁会认出他来呢？他的族人中没有人住在这里。人群急匆匆地拥向锡棚屋，拥向脏兮兮、泛白的墙，上面涂满了诸如“× 你妈的”的标语，甚至人行道也被乱涂乱画了。主啊，多么不堪的家！这群人一直不是他的同类。瓦鲁西乌永远无法忍受在满溢的马桶旁还有烤肉嗞嗞作响的臭味：他和他的族人总是绕开这些非洲人聚居区，或者老老实实地循着马路走。现在，他闻到这股臭味，让他想起了监狱。是的，这是监狱的味道，不会错。有人担心，瓦鲁西乌也同意，这股臭味会吓跑他们珍贵的猎物：游客。所以这些聚居区被驱逐到距离市中心和体面的住宅区数英里之外，并由从英国父辈那里继承权力的瓦本兹人维护现状。“保持城市清洁。”

① 指肯尼亚新的统治阶层，往往开着奔驰等豪车，故得名。

但是这些人一点都不像犯人，他们笑着又叫又唱，公然反抗，自得其乐，抵挡住恶臭和污秽的侵扰。瓦鲁西乌猜想每个人都能闻到他身上的臭味，并知道他从哪里来。这身衣服和光秃的脑袋上长出来的几撮稀疏的头发，却没什么可乐的。关于监狱的记忆让他心里滴血。他再次猜想，别人一眼就能看穿。他仿佛看见这些声音聚集在一起，对着他嘲笑。他们将获得复仇的机会：有个瓦本兹人就这样堕落了。奇耻大辱。记忆中，床就是冰冷的水泥地，他跟其他囚犯一同修剪草坪，穿着印花短裤和上衣，还有永远在一边站哨的非洲民兵，这一切的分量都不及这份耻辱。在接下去的若干年里，他的朋友和妻儿都会承担这份耻辱。“你爸爸进过监狱。不准你和我们玩，小偷的儿子。”“爸爸，你知道他们在学校怎么说吗？”孩子哭着说，“这是真的吗？真的吗？”邻居摇着头说：“真弄不明白，一个这么有学问、收入这么高的人，怎么会做出这种不符合身份的事。”奇耻大辱。

这是最令他怨恨的。他上过大学，获得了不错的学位。他是村里唯一有如此成就的人。村里的人得知他要去上大学，无论男女老少，都聚到他家来。“你们有个了不起的儿子！”父母自豪的脸上似乎连皱纹都消失了。这一刻，父母心中充满荣耀和认同，这是对他们在定居区付出的所有辛劳的回报。他是整个村的儿子，他会把白人的智慧带到村里来。当他要离开的时候，离别已不仅仅是他和父母之间的事。甚至周围村落的人都来践行。溢美的歌声响起。姑娘们投来仰慕的眼光，连年轻的小伙都收起嫉妒，对他以礼相待。村里神父也来了：“带上这本《圣经》，它将成为你的矛和盾。”长老也来了：“永远记着你的父母。我们都是你的父母。永远不要背叛村民。”这一切对他来说意义重大。上火车时，他发誓以后一定要回来回报村民。既是誓言，也是承诺。

大学是个全新的世界，地方不大，却更广阔、更充实。新鲜的面孔，新奇的思想，他和同学一起谈论世界上魅力无穷的各种成果。白人要走了。有工作，有生活。他依然铭记着那个秘密的誓言。他将永远与村民共命运。

大学三年级，他遇见了露丝。不如说，他爱上了露丝。他常在学校的舞会和其他社交场合见到她。当露丝允许他送她回宿舍时，他明白，没有露丝，他是不会幸福的。啊，露丝。她很会打扮，懂得搭配颜色。正是露丝掀起了校园里直发和假发的潮流。其他男孩常说，你没去美国，却搞定了正宗的黑人女孩。显然，他们很嫉妒，这更让他感到骄傲和快乐。他忍不住想在大学里举办一场婚礼。露丝也想要。这很好。当露丝在镜头前靠在他身上时，他感到无比自豪。他突然希望父母在场，与他分享这一刻：他们的儿子和露丝。

他不该邀请父母吗？后来他问自己。露丝的父母就来了。露丝事先没有告诉他，是要跟他开个玩笑，给他一个惊喜。也许这样做也对。露丝的父母非常有钱。带着些许怀疑，他想，或许他该再等一等，然后和一个了解他们村子及其习俗的女孩结婚。可是，他能找到一个和自己知识水平相当又能满足自己社交需求的女孩吗？他这是在犯傻。他爱这个女孩。哦，我的黑人女孩，一个非洲人。设想一下，假如他去英国或美国，娶了一个白人女孩，那才是真正的背叛。他仍然认为自己本该邀请父母，并发誓今后绝不再这样马虎了。无论如何，他会带着露丝和辉煌的学历回家。这样想让他感觉好多了。他把家乡的一切和那个秘密的誓言告诉了露丝，并说："我希望你会幸福地生活在那个村子里。""别傻了，我当然会幸福。你知道我的父母都不识字。好了，好了，别自寻烦恼，好像我不是非洲人似的。你不知道我有多讨厌城市，我想成为大地的女儿。"露丝家很早就信奉了基督教，他们抓住开发新世界的商机，从而致富。她从小在城里长大，乡村生活对她而言有些陌生。但她的一席话消除了他的疑虑，他感觉好多了，也更爱她了。

他的回乡宛如凯旋，人们拥进他父亲的院子里，想一睹风采。"她像个白人，"人们不无羡慕地耳语道，"看她的头发、指甲和丝袜。"他年迈的父亲左肩上披了条脏兮兮的毯子，定睛注视着儿子。"父亲，这是我妻子。"母亲高兴得流下眼泪。此后的几周，这对夫妻一直是村里热议的话题。母亲感到非常骄傲。嘘，你不知道她兼有白人的智慧吗？就像我们的儿子。

一座小小的三室住房为他们建好了。瓦鲁西乌成了一名教师，露丝则在大城市里工作。他们幸福地生活着。

只是一时。

露丝开始烦躁。在一间没有电也没有音乐的泥房子里生活，令人窒息。与灰尘和泥土做持续的斗争，令人疲倦。她讨厌每天都有村民来家里做客，总是待到很晚才走。她无法拥有她想要的清静，尤其是每天还要往返于村子和城市。每天都有许多亲戚来找他们帮忙，不是这个问题就是那个问题，都来要钱。她崩溃了，总是哭。你能不能让他们走。我太累了。噢，露丝，你知道我不能这么做。这有违习俗。习俗！习俗！露丝变得焦躁不安。瓦鲁西乌爱露丝，也爱这个村子，他感到受了伤，变得闷闷不乐。我们走，住到镇上去，我们可以在新建的综合住宅区找套房子，我来付租金。于是他们走了。其实，瓦鲁西乌也被这个村子和每天需要处理的事情搞得疲惫不堪。

她保管她的钱，他保管他的。瓦鲁西乌放弃了教学。即便在城里教学，他的薪水也远远满足不了综合住宅区的开支。他们喜欢称之为综合住宅区。得去石油公司上班。他在销售部工作，薪水涨了不少。然而他很快发现，镇上跟村里不一样，新工作的薪水比他想象的少得多。为了省钱，他渐渐不再接济数不尽的亲戚。这样也还是不够。他已加入一个新的群体，他和其他成员需要达到一定的标准。他买了辆梅赛德斯·奔驰 S220，又给妻子买了辆用于购物的迷你莫里斯。对初来乍到又想崭露头角的人来说，买车是一种时尚。但是，要想赢得新群体的尊重，家里还要购置和保养许多配件。当然，聚会也是必不可少的。他加入了原来只接收白人的公务员俱乐部。

他妻子的钱大都用于购买衣服和食物。她不再给他钱，怕他把钱花在讨厌的亲戚身上。但是他必须赶上新群体其他人的物质水平。他怎么能让妻子在其他女人面前抬不起头来呢？他回想起学生时代充满荣耀和美好的日子。他心怀感激，有四次想回家却没动身，因为没钱，她也不想跟他回去。他现在的薪水太低了，要付房租，还要保养奔驰和购物用车，一切都需要花钱。他开始利用职务之便向公司“借”钱。“我当然要还的。”他告诉自己。他还在公司的支票上动手脚。等他最终被逮捕时，他所花的钱早已超出他能偿还的数目。

瓦鲁西乌飞快地穿过街道，来到另一条街上。虽然他讨厌聚居区，但天黑前还是这里容易掩人耳目。身上散发恶臭时，他不想遇到任何族人。等到夜里，他会搭上一辆公交车，回到他唯一受欢迎的地方。他爱露丝，露丝也爱他。他相信，她的爱足以洗刷他身上的恶臭甚至耻辱。毕竟，他还不是为了她才这样做的？至于他的村子，他再也不会在那儿露面了。他还怎么面对村里的人呢？等车时，他想起了法庭上最后的一幕。

案子吸引了很多人的关注，村里的神父和村民都赶来了。新闻记者举着相机，按着快门。初犯，被判处六个月徒刑，以此为戒。这是一个崭新的肯尼亚。当他从熙熙攘攘的法庭上被带出去的时候，他看到母亲脸上淌着泪水。很多村民神情严肃，躲开了他的眼神。戴着手铐的耻辱时刻。他故意表现得无畏而傲慢，内心却在痛哭。唯一的安慰是露丝没有出现在法庭上。要是看到她痛苦不堪、公然蒙羞，他还不如去死。

公交车来了。夜幕降临。他渴望见到露丝。她变化大吗？她是个高挑纤细的女人，虽然不漂亮，但优雅而有魅力。他要紧紧地拥抱她，用宽阔的胸膛消受她的芬芳优雅，也许身上的臭味也会消散，这是他现在唯一的愿望。他确信她会理解。在床笫间，她总能平复他的疑虑，而他也总能从这份重拾的爱中找回信心。露丝。他不准备在这座城市找工作了，他要去周边的某个国家，重新开始。他会忠诚地陪在她身边。他已经辜负了村民，辜负了父母，绝不能再辜负露丝。绝不。

他下了车。他熟悉这个地方。到处弥漫着玫瑰和三角梅的幽香，空气清爽怡人。房子之间留有大片空地。与聚居区是多么不同啊。在这里，只有他身上散发着臭味。但是，在他走向家和露丝时，他感觉自己已然得到净化。他再也无法抑制心头的喜悦。

他走到门前，却听到里面传来一个陌生的声音，低沉而洪亮。

他无比绝望。妻子竟然搬走了！他到哪儿去找她的新住处呢！

他鼓起勇气，敲了敲门。至少他得问问妻子有没有留下新地址。他往边上站了站，躲在阴影里。里面响起高跟鞋的声音，这声音原本会让他欣喜若狂；接着是门锁转动的声音，这声音原本会让他激动得跳起来。一个女人站在他面前。一时间，他说不出话来。他的双腿像灌了铅，突然，欲望攫住了他。“露丝，”他轻声唤道，“是我。”“嗯。”她低声应道。“露丝。”他再次轻声唤道。“别害怕。”他边说边从阴影里走出来，张开手臂准备将她拥入怀中。“别，别过来！”她喊道。一阵尴尬的沉默后，她往后退了一步。“是我呀。”他恳求道。“走开，”她啜泣起来，“我不认识你，我不认识。”“别这样——”他犹豫着，不知该说些什么。接着，他听见她用一种他从未听过的语气，毅然决然地说：“如果你不从我家门口走开，我就报警了。”然后，她在他面前狠狠地甩上了门。

他整个人愣住了。他身上的臭味实在太重，连他自己都能闻到。人们开车经过他身边时绕开他。他听见乐曲声和干笑声，还有尖厉的声音——这笑声如此熟悉，在他听来像是一种报复。他忽然大笑起来，笑声嘶哑，难听极了。他一边走一边大笑，直笑得肋骨隐隐作痛。乐曲声和尖厉的声音依然从这个城市小区的家家户户传出来，与他的笑声相对抗。笑着笑着，他眼中流下了痛苦而悔恨的泪水。

99读书人

SHORT CLASSICS
短经典精选

短经典精选系列

走在蓝色的田野上
〔爱尔兰〕克莱尔·吉根 著 马爱农 译

爱，始于冬季
〔英〕西蒙·范·布伊 著 刘文韵 译

爱情半夜餐
〔法〕米歇尔·图尼埃 著 姚梦颖 译

隐秘的幸福
〔巴西〕克拉丽丝·李斯佩克朵 著 闵雪飞 译

雨后
〔爱尔兰〕威廉·特雷弗 著 管舒宁 译

闯入者
〔日〕安部公房 著 伏怡琳 译

星期天
〔法〕伊莱娜·内米洛夫斯基 著 黄荭 译

二十一个故事
〔英〕格雷厄姆·格林 著 李晨 张颖 译

我们飞
〔瑞士〕彼得·施塔姆 著 苏晓琴 译

时光匆匆老去
〔意〕安东尼奥·塔布齐 著 沈萼梅 译

不中用的狗
〔德〕海因里希·伯尔 著 刁承俊 译

俄罗斯套娃
〔阿根廷〕比奥伊·卡萨雷斯 著 魏然 译

避暑
〔智利〕何塞·多诺索 著 赵德明 译

四先生
〔葡〕贡萨洛·曼努埃尔·塔瓦雷斯 著 金文彭 译

房间里的阿尔及尔女人
〔阿尔及利亚〕阿西娅·吉巴尔 著 黄旭颖 译

拳头
〔意〕彼得罗·格罗西 著 陈英 译

烧船
〔日〕宫本辉 著 信誉 译

吃鸟的女孩
〔阿根廷〕萨曼塔·施维伯林 著 姚云青 译

幻之光
〔日〕宫本辉 著 林青华 译

家庭纽带
〔巴西〕克拉丽丝·李斯佩克朵 著 闵雪飞 译

绕颈之物
〔尼日利亚〕奇玛曼达·恩戈兹·阿迪契 著 文敏 译

迷宫
〔俄罗斯〕柳德米拉·彼得鲁舍夫斯卡娅 著 路雪莹 译

奇山飘香
〔美〕罗伯特·奥伦·巴特勒 著 胡向华 译

大象
〔波兰〕斯瓦沃米尔·姆罗热克 著 茅银辉 易丽君 译

诗人继续沉默
〔以色列〕亚伯拉罕·耶霍舒亚 著 张洪凌 汪晓涛 译

狂野之夜：关于爱伦·坡、狄金森、马克·吐温、詹姆斯和海明威最后时日的故事（修订本）
〔美〕乔伊斯·卡罗尔·欧茨 著 樊维娜 译

父亲的眼泪
〔美〕约翰·厄普代克 著 陈新宇 译

回忆，扑克牌
〔日〕向田邦子 著 姚东敏 译

摸彩
〔美〕雪莉·杰克逊 著 孙仲旭 译

山区光棍
〔爱尔兰〕威廉·特雷弗 著 马爱农 译

格来利斯的遗产
〔爱尔兰〕威廉·特雷弗 著 杨凌峰 译

终场故事集
〔爱尔兰〕威廉·特雷弗 著 杨凌峰 译

令人反感的幸福
〔阿根廷〕吉列尔莫·马丁内斯 著 施杰 译

炽焰燃烧
〔美〕罗恩·拉什 著 姚人杰 译

美好的事物无法久存
〔美〕罗恩·拉什 著 周嘉宁 译

魔桶
〔美〕伯纳德·马拉默德 著 吕俊 译

当我们不再理解世界
〔智利〕本哈明·拉巴图特 著 施杰 译

海米的公牛
〔美〕拉尔夫·艾里森 著 张军 译

对不起，我在找陌生人
〔英〕缪丽尔·斯帕克 著 李静 译

爱因斯坦的怪兽
〔英〕马丁·艾米斯 著 肖一之 译

基顿小姐和其他野兽
〔安道尔〕特蕾莎·科隆 著 陈超慧 译

在陌生的花园里
〔瑞士〕彼得·施塔姆 著 陈巍 译

初恋总是诀恋
〔摩洛哥〕塔哈尔·本·杰伦 著 马宁 译

美好事物的忧伤
〔英〕西蒙·范·布伊 著 郭浩辰 译

一切破碎，一切成灰
〔美〕威尔斯·陶尔 著 陶立夏 译

纵情生活
〔法〕西尔万·泰松 著 范晓菁 译

命若飘蓬
〔法〕西尔万·泰松 著 周佩琼 译

爱，趁我尚未遗忘
〔海地〕莱昂内尔 · 特鲁约 著 安宁 译

水最深的地方
〔爱尔兰〕克莱尔 · 吉根 著 路旦俊 译

石泉城
〔美〕理查德 · 福特 著 汤伟 译

哥哥回来了
〔韩〕金英夏 著 薛舟 译

他们自在别处
〔日〕小川洋子 著 伏怡琳 译

恋爱者的秘密生活
〔英〕西蒙 · 范 · 布伊 著 李露 卫炜 译

在奥德河的这一边
〔德〕尤迪特 · 海尔曼 著 任国强 戴英杰 译

当我们谈论安妮 · 弗兰克时我们谈论什么
〔美〕内森 · 英格兰德 著 李天奇 译

死水恶波
〔美〕蒂姆 · 高特罗 著 程应铸 译

一个自杀者的传说
〔美〕大卫 · 范恩 著 索马里 译

我的爱情，我的伞
〔爱尔兰〕约翰 · 麦加恩 著 〔爱尔兰〕科尔姆 · 托宾 编 张芸 译

蝴蝶的舌头
〔西班牙〕马努埃尔 · 里瓦斯 著 李静 译

未始之初
〔西班牙〕梅尔塞 · 罗多雷达 著 元柳 译

子弹头列车
〔加拿大〕邓敏灵 著 梅江海 译

聚会，1980
〔美〕朱诺 · 迪亚斯 著 周丽华 译

你就这样失去了她
〔美〕朱诺 · 迪亚斯 著 陆大鹏 译

再见，非洲
〔肯〕恩古吉·瓦·提安哥 著 郦青 译

魔术师
〔日〕小川哲 著 丁丁虫 吴曦 译

犒赏系统
〔英〕杰姆·卡德尔 著 陈新宇 译